Ein ganz neuer Anfang

★ ′ ★ ′ ★ ′ ★ ′ ★ ′ ★ ′ ★ ′ ★ ′ ★ ′ ★

»Das muss gefeiert werden!«, rief ich und tanzte mit meiner Tante Anne um den Küchentisch. »Drei gute Nachrichten in einer einzigen Stunde!«

Tante Lise stellte Teewasser auf. »In einem Monat ist sie wieder da!«

Sie – das war meine Schwester Nicki. Sie hat nach dem Abitur als Au-pair-Mädchen in Hongkong gejobbt, dann trampte und reiste sie ein Vierteljahr mit ihrem Freund Nick durch China. Gerade hatten wir ihre Nachricht erhalten, dass sie – endlich! – zurückkommen würde. »Es wurde aber auch Zeit«, meinte Tante Lise und goss das Wasser in die angewärmte Kanne.

»Nicki kommt! Und du hast einen Preis für deine Reportage bekommen!«

»Ja, und du die Aussicht auf einen Job!« Meine Tante wirbelte mich links und rechts herum, bis wir außer Puste waren. Ich plumpste auf den nächstbesten Stuhl und griff nach dem Brief: »Liebe Mimi! Ihr Bericht über die Atacama-Wüste im Norden Chiles ist bei unseren Lesern sehr gut angekommen. Da wir jetzt eine regelmäßige ›Seite für junge Leser‹ in unserer *Tagespost* planen, würden wir Sie gerne als ständige freie Mitarbeiterin gewinnen. Gewiss werden

Sie das Reisen so schnell nicht aufgeben, daher hoffen wir auf weitere spannende Schilderungen ...«

»Natürlich werde ich das Reisen nicht aufgeben, schließlich werde ich die berühmteste Reisejournalistin aller Zeiten werden! Puh! Der Tee ist noch heiß!« Ich pustete. »Nur schade, dass wir gerade keine in Planung haben. Aber vielleicht hat Nicki 'ne Idee.«

»Nicki? Die wird vorerst genug vom Zigeunern haben«, meinte Tante Anne. »Wenn ich lange unterwegs war, will ich nur noch zu Hause sein.«

»Ja du! Aber wir sind jung, dynamisch, voller Tatendrang und Abenteuerlust! So schnell bekommen wir nicht genug – hat es geklingelt?«

»Ich geh schon«, sagte Tante Anne. »O Carlos, wie schön, dass du uns besuchst! Komm rein, du kannst mitfeiern!«

Ich fiel Carlos um den Hals und berichtete ihm sofort vom Angebot einer »ständigen freien Mitarbeit«.

»Ja super! Da komme ich ja gerade richtig. Ich will dich zu einer Reise einladen!«

»Nein! Wohin soll's denn gehen? Und wann? Mit dir?« Ich hatte Carlos auf der Chile-Reise kennen gelernt, die mir die Tanten als Heilmittel gegen meinen Liebeskummer verordnet hatten. An Ostern wollte ich nämlich meine große Liebe in Paris treffen, Rory, in den ich mich in Hongkong unsterblich verliebt hatte. Kurz vor unserem Treffen schickte er mir eine Mail: »*Liebe Mimi, es ist alles aus. Wir sehen uns nie wieder.*«

Damals habe ich mir geschworen mich nie wieder zu verlieben. Nie wieder! Aber Carlos war stärker als mein Schwur. Er studiert Geologie mit

Schwerpunkt Erdbebenkunde, wohnt ganz in unserer Nähe, daher sehen wir uns mehrmals in der Woche, und sogar meine Tanten, bei denen Nicki und ich wohnen, seitdem unsere Eltern bei einem Unfall in der Türkei ums Leben gekommen waren, lieben ihn. Anders als ich natürlich, aber trotzdem! Er gehört fast zur Familie und hat ein Exklusivrecht auf unser Gästezimmer.

»Mimi, ich gehe auf eine Exkursion nach Marokko. Du weißt vielleicht, dass dort vor mehr als fünfzig Jahren ein schweres Erdbeben passierte, in Agadir war das. Dort wird unsere Gruppe wohnen und Untersuchungen durchführen. Nun dachte ich, du könntest nach der Exkursion, sie dauert vierzehn Tage und endet eine Woche vor Pfingsten, nach Agadir fliegen. Wir könnten ein, zwei Tage durchs Land fahren und noch einige Zeit in Marrakesch verbringen. Was hältst du davon? Würd doch perfekt in deine Pfingstferien passen, oder?«

»Na klar!«, rief ich begeistert. »Damit hätte ich auch gleich genügend Stoff für meine ersten *Tagespost*-Artikel!«

»Moment mal.« Tante Anne runzelte die Stirn. »Ihr wisst, dass wir größtes Verständnis fürs Reisen haben. Aber das scheint mir doch etwas anderes zu sein. Carlos, du bist zwei Wochen mit Studenten unterwegs; sollte Mimi nachreisen, wird sie als Jüngste und obendrein als Schülerin zu euch stoßen. Dann seid ihr als Gruppe schon längst zusammengewachsen. Das würde bestimmt nicht leicht für sie sein.«

»Na und? Mir macht das nichts aus, Tante Anne!«, versicherte ich eifrig. »Stell dir doch nur vor: Marokko! Marrakesch! Tausendundeine Nacht!«

»Ich habe dir Mimi schon einmal anvertraut«, fuhr Tante Anne fort. »Aber in Chile war das ein Notplan. Du hast uns nicht enttäuscht, Carlos. Doch jetzt – ganz konkret, Carlos: Wie und wo werdet ihr die Nächte verbringen? Mimi ist erst siebzehn!«

Carlos schaute verlegen zu Boden. »So genau habe ich mir das alles noch gar nicht überlegt. Ich weiß, dass wir in Agadir einen Studenten treffen, Bahrim heißt er. Dieser Bahrim wird alles, was Fahrten und Unterkunft betrifft, für unsere Gruppe organisieren. Wie viele von uns am Ende noch nach Marrakesch wollen, weiß ich aber auch nicht. Aber ich verspreche euch hoch und heilig, dass ich mich um Mimi kümmern werde. Ihr wird nichts passieren!«

»Das ist nicht das Problem, Carlos«, meinte Tante Lise. »Wir wissen, dass ihr euch sehr gern habt. Jetzt. Aber in Marokko wirst du auch mit Studentinnen zusammen sein –«

»Das bin ich täglich«, unterbrach Carlos sie.

»Ja schon. Aber nicht so hautnah wie auf einer zweiwöchigen Exkursion. Versteh uns richtig: Wir wollen nicht, dass Mimi enttäuscht wird. Habe ich mich klar ausgedrückt?«

Carlos nickte. »Ich werde Mimi nicht enttäuschen.«

»Das weiß ich doch, Carlos. Du und ich! Wir lieben uns. Wer sollte sich zwischen uns drängen? Das Mädchen möchte ich mal kennen lernen«, sagte ich. »Ich würde sie in der Luft zerreißen, ehrlich!«

Wir lachten.

Das Ende vom Lied war, dass meine Tanten nach langem Hin und Her einwilligten.

FREITAGABEND

Sitzen gelassen!

* ' * ' * ' * ' * ' * ' * ' *

Jetzt weiß ich, was ein Alptraum ist!

Ich sank auf meinen Rucksack. Heul bloß nicht, Mimi, es könnte noch schlimmer kommen! Nee, dachte ich verzweifelt, das kann es nicht! Schließlich ist es schlimm genug: Hier sitze ich im fremden Land, in Marokko, in der Flughafenhalle von Agadir, ich spreche die Sprache nicht, ich weiß nicht, wo ich übernachten werde, ich habe nicht besonders viel Geld, ich kenne niemand, an den ich mich wenden kann ... die Botschaft? Jetzt kurz vor zweiundzwanzig Uhr Ortszeit? Verd...! Zum x-ten Mal schaute ich auf meine Armbanduhr. Seit über zwei Stunden wartete ich auf Carlos. Abholen wollte er mich, pünktlich sein wollte er – sitzen gelassen hat mich der Schurke, der Bandit, der unzuverlässige Kerl! Ausgerechnet mir musste das passieren!

Fassungslos schüttelte ich den Kopf und stand auf. Die Halle war leer. Leer bis auf die zwei, drei Männer, die die Pässe der ankommenden Fluggäste überprüft hatten. Jetzt hatten sie nichts mehr zu tun. Alle Fluggäste waren längst abgefertigt worden, hatten ihr Gepäck vom Band genommen, waren von liebevollen Freunden umarmt, von lachenden Familienmitgliedern geküsst und abgeholt worden.

Nur ich nicht! Ich stand noch immer hier und wartete. Ich hatte Durst. Und Hunger. Und müde war ich. Und aufgeregt. Ich tat mir Leid.

Ich wischte meine Handflächen an den Jeans ab – und plötzlich erinnerte ich mich an meine Kanada-Tour. Damals, in der Bärenwildnis, hatte ich etwas für mich fundamental Wichtiges erkannt, nämlich: Mut ist weitgehend eine Sache des Trainings.

O. k., dachte ich weiter, trainiere ich eben wieder mal meinen Mut. Was kannst du tun, Mimi? Dir ein Hotel suchen? Ja. Aber sollte Carlos einen Unfall gehabt haben oder sonst wie aufgehalten worden sein, woher sollte er dann wissen, wo er mich morgen finden kann? Also doch die Nacht auf dem Rucksack verbringen?

Ausgeschlossen, niemand würde mir hier erlauben als Mädchen mutterseelenallein zu nächtigen.

Also was dann? Wieder wischte ich meine Hände trocken, dann zog ich mein Handy aus der Tasche, tippte auf die Wahlwiederholung und hörte zum tausendsten Mal, dass Carlos im Augenblick nicht zu sprechen war. Fast hätte ich das Ding quer durch den Raum gepfeffert. Im letzten Moment bremste ich mich, denn ich hatte einen Geistesblitz: Falls Carlos wirklich etwas zugestoßen sein sollte, würde er mir jetzt nicht helfen können. Aber später, sobald es ihm möglich wäre, würde er mich anrufen. Dann könnte ich ihm sagen, wo ich zu finden wäre. Ich musste also nur darauf achten, dass das Handy aufgeladen war.

So weit, so gut. Und jetzt? Ich beschloss, noch zehn Minuten zu warten. Dann würde ich ein Taxi rufen und mich zu einem Hotel fahren lassen. Morgen war morgen. Dann würde ich weiterplanen.

Ich gähnte und schüttelte meine Wasserflasche. Leer. Wie die Halle. Zwei Meter von mir entfernt war ein Abfalleimer. Ich zielte und warf – daneben. Mist. Nicht mal das Zielen klappte. Von der Reise ganz zu schweigen. Dabei war bisher alles so gut gelaufen, wir wollten uns heute in Agadir treffen, dann mit vier weiteren Exkursionsteilnehmern durchs Land reisen und den Rest der Woche in Marrakesch verbringen.

Ich stand auf und schleuderte die leere Wasserflasche in den Mülleimer. »Mich einfach hier sitzen zu lassen. So war das nicht ausgemacht!«

Ich schaute wieder auf die Uhr und stellte fest, dass die zehn Minuten vorbei waren. Also warf ich den Rucksack über die Schulter, packte meine alte, reisetaugliche Handtasche und stiefelte los. Richtung Ausgang, Richtung Taxi. Ich grinste. In jedem Krimi würde jetzt der Held angerast kommen, die Heldin in seine starken Arme reißen und etwas von »unglückseliger Verspätung« in ihr Haar murmeln. Und sofort wäre alles gut.

Ich sah mich um. Kein Held, kein Carlos kam angerast. Also schluckte ich tapfer, dann stand ich vor dem Taxi, dem ersten in der Reihe. Der Fahrer schlief. Ich klopfte an die Scheibe, öffnete die Tür und sagte auf Englisch: »Bitte fahren Sie mich zu einem einfachen Hotel in der Stadt.«

»Hotel?«, wiederholte der Mann schlaftrunken. »Name?«

»Keine Ahnung. Ich brauche ... « Eine Fahrradklingel schrillte. Ein Idiot gondelte ohne Licht an seinem Rad direkt auf das Taxi zu. Dass es ein Oldtimer, ein wirklich antikes Stück war, sah man auf den ersten Blick und sogar in der Dunkelheit.

9

Mit einem Mal war der Taxifahrer hellwach, drückte entsetzt auf die Hupe, ließ den Daumen drauf, aber auch der Radfahrer klingelte pausenlos und fuhr noch immer knallhart aufs Taxi zu. Im letzten Augenblick sprang er vom Rad, ließ es achtlos zu Boden scheppern, er selbst machte einen tollkühnen Satz und riss mich in seine Arme. Ich schnappte vor Schreck nach Luft, der Fahrer brüllte – und dann kapierte ich. »Mensch, Carlos!«

Wir standen in einem Ring von Taxifahrern. Einer packte Carlos wütend am Kragen, zwei andere gingen mit erhobenen Fäusten auf ihn los, jemand schob sich beschützend vor mich. Bis wir das ganze Wirrwarr gelöst und auf Französisch und Englisch die Sachlage geklärt hatten, verging einige Zeit.

Atemlos und schweißgebadet grinsten wir uns schließlich an. Der Taxifahrer reichte uns die Hand zur Versöhnung, lud den Oldtimer in seinen Kofferraum – dass er meilenweit herausragte, störte ihn nicht die Bohne –, wir ließen uns auf den Rücksitz fallen, Carlos sagte: »Hotel Safir, bitte«, dann küssten wir uns. Der Kuss dauerte fast so lange wie die Fahrt.

Wir luden mein Gepäck und das Rad aus, bezahlten und dann standen wir auf der Treppe, die zum Hoteleingang führte. Ich setzte mich auf die oberste Stufe und zog Carlos zu mir herunter. »Was war denn los? Warum warst du nicht rechtzeitig am Flughafen? Ich bin fast gestorben vor Angst!«

»Das habe ich mir gedacht. Deshalb habe ich ja das Rad geliehen! Also, es war so: Wir fünf – du wirst alle noch früh genug kennen lernen, fuhren heute Morgen mit unserem gemieteten Kleinbus in der Nähe von Tafraoute los. Tafraoute liegt im Anti-Atlas. So, wie wir alles geplant hatten, wären wir am Nachmittag im ›Safir‹ angekommen und ich wäre wieder losgefahren, um dich am Flughafen abzuholen. Alles lief wie geplant, aber dann –«

»Dann hattet ihr einen Unfall oder das Benzin war alle!«, sagte ich.

»Nein, so schlimm war es gar nicht. Wir hatten nur einen Platten. Hinten links. Das war etwa zwanzig, dreißig Kilometer vor Agadir.«

»Na und? Du hättest dich nur an die Straße stellen und den Daumen in die Luft halten müssen. Oder werden Anhalter hier nicht mitgenommen?«

»Langsam. Warte. Wir waren ja so zeitig dran, dass niemand auf den Gedanken kam. War ja auch nicht nötig. Wir wollten den Reifen wechseln und weiterfahren. Eine Sache von zehn Minuten oder so, dachten wir«, erklärte Carlos und fuhr fort: »Wir stiegen aus, holten den Wagenheber und den Schraubenschlüssel aus dem Kofferraum. Der Wagenheber war in Ordnung, der Schraubenschlüssel nicht. Mann, das war ein Ding! Schon bei der ersten Schraube verbog er sich so, dass er total unbrauchbar war. Also machten wir genau das, was du sagtest: Wir stellten uns an den Straßenrand und hoben den Daumen. Zuerst fanden wir das noch spaßig, aber weil wir uns auf einer winzigen Nebenstraße, einer Sandpiste, befanden, kam zuerst mal überhaupt kein Fahrzeug. Schließlich kamen zwei Autos. Die fuhren einfach weiter. Also stellten wir uns beim dritten mitten auf die Straße. Der Fahrer dachte wohl, das sei ein Überfall, gab Gas und kurvte um uns herum.

Plötzlich stand wie vom Himmel gefallen ein Mann neben uns. Bahrim, er ist Student wie wir und jobbt nebenbei als Fahrer, erklärte ihm die Sachlage.

Beim nächsten Auto stellte sich der Mann an die Straße. Das hielt, aber der Fahrer hatte keinen Schraubenschlüssel. Und so ging's weiter. Schließlich ging der Mann zurück in sein Haus. Das lag völlig einsam mitten im Nirgendwo und war von der Straße aus nicht zu sehen. Nach einiger Zeit kam er mit heißem Pfefferminztee und Fladenbrot zurück.

Da dämmerte es bereits. Ich konnte dich nicht anrufen, weil du da noch im Flugzeug gesessen hast. Schließlich kam mir die Idee, den Mann durch Bahrim fragen zu lassen, ob er nicht ein Fahrrad besäße. Er hätte ein Fahrrad, er würde es mir auch leihen, aber nur, wenn ich mein gesamtes Gepäck als Pfand zurücklassen würde, sagte der Mann.«

»Himmel!«, rief ich. »Das hast du getan?«

»Klar. Es war die einzige Möglichkeit, heute noch zum Flughafen zu kommen. Ich überließ ihm also das Gepäck, dachte in der Eile und Aufregung nicht ans Handy und bekam das Rad. Junge, das ist vielleicht verkehrstüchtig! Kein Licht, keine funktionierenden Bremsen, kaum Luft in den Reifen, von einer Pumpe ganz zu schweigen. Nur die Klingel funktioniert einwandfrei.

Ich fuhr los, aber weil es inzwischen dunkel war und es keine Wegweiser gibt, habe ich mich zweimal gründlich verfahren. Na ja, aber ich bin ja gerade noch rechtzeitig angekommen!«, schloss Carlos seinen Bericht und stand auf.

Ich zog ihn wieder zurück. »Und … wie sind die anderen? Ich meine, ihr seid seit zwei Wochen zusammen, ich komme neu dazu … und jünger als die anderen bin ich auch.« Ich schluckte. »Ich bin nicht plötzlich schüchtern geworden, Carlos. Aber ich muss wissen, was mich erwartet. Und vergiss nicht, ich bin noch Schülerin.«

»Du bist meine Freundin und das tollste Mädchen auf der Welt«, sagte Carlos und zog mich an sich.

»Aber die anderen . . . «

»Du wirst sie mögen. Bahrim und Klaus sind die besten Freunde, die man sich denken kann, immer gut drauf, hilfsbereit und einfach gute Kumpel. Wolfi . . . « Carlos zögerte. »Wolfi erwartet, dass jedes Mädchen ganz automatisch auf ihn fliegt, sobald er irgendwo aufkreuzt.«

»So?« Ich zog die Nase kraus. »Wird er das auch von mir erwarten?«

»Das will ich nicht hoffen!«, rief Carlos ehrlich entsetzt. »Er weiß, dass du meine Freundin bist!«

»Gut. Und wen gibt es sonst noch?«

»Wanda. Mit Wanda gibt es keine Schwierigkeiten. Ich bin gut mit ihr ausgekommen. Eigentlich, das fällt mir jetzt erst auf, waren wir beide die meiste Zeit zusammen«, sagte Carlos. »Sie ist total nett. Sie wird dir gefallen.«

»Hoffentlich.« Ich beschloss die Sache langsam angehen zu lassen und die Leute erst mal gründlich unter die Lupe zu nehmen.

»Aber nun komm endlich!« Carlos sprang auf.

Wir gingen zur Rezeption und bekamen unseren Zimmerschlüssel. Dann hörten wir, wie ein Auto mit Karacho auf den Parkplatz fuhr, hielt, Türen knallten und ein paar braun gebrannte Leute stürmten schreiend und lachend in die Halle stürmten.

»Mensch, der rasende Radler ist schon hier! Ist das die Kleine, die ihm nachgereist ist?«

Schnupperstunde

Carlos grinste breit. »Der Große ist Wolfi, der kleinere Blonde ist Klaus, neben ihm steht Wanda, der da ist Bahrim. Und das«, Carlos legte den Arm um mich, »das ist meine Mimi.«

»Hallo!« Bahrim war so klein wie ich. Er war drahtig, hatte kurze dunkle Locken und ein fröhliches Lachen. Ich mochte ihn sofort. Bei Wolfi war ich mir da nicht so sicher. Wolfi war der typische Anmacher; er musterte mich gründlich, nahm mich in die Arme, tatschte mich kurz und geübt ab und nickte anerkennend. »Klasse Mädchen, du gefällst mir!«

Das hatte ich gern. Ich machte mich los und begrüßte zuerst Klaus, dann Wanda. Mir stockte der Atem. Wanda hatte ihre dunklen Haare mit den karottenroten Strähnchen mitsamt einigen farbigen Bändchen zu einem dicken Zopf geflochten. Ihre schwarzen Augen betonte sie mit einem tieflila Lidschatten und am Kinn leuchtete eine ebenso tieflilafarbene Perle. Allerdings waren ihre Jeans und ihr Hemd völlig verdreckt und verstaubt ihre Hände schwarz, und übers ganze Gesicht zog sich ein Schmutzstreifen. »Was ist denn mit dir passiert?«

»Kleiner Sturz in den Straßengraben«, antwortete sie fröhlich. »Ach Carlos, gut, dass du wieder bei uns bist, ich habe dich echt vermisst. Niemand hat mir geholfen, als ich –«

»Ich sterbe vor Hunger«, unterbrach sie Bahrim. »Wie wär's, wenn wir uns in zehn Minuten im Restaurant treffen würden?«

Damit waren alle einverstanden. Wir gingen nach oben, Carlos schloss die Tür auf, starrte schweigend aufs Bett, dann stellte er sich ans Fenster und betrachtete die Nacht.

»Ist was?«, fragte ich verwundert.

»Ja«, sagte er leise. »Es ist Wolfi. Er –«

»Ich weiß. Er macht sich an jedes Mädchen ran, egal ob es einen Freund hat oder nicht. Stimmt's?«

Carlos nickte.

»Das ist lästig.« Ich ließ mich aufs Bett fallen. »Stört es dich?«

»Was soll die Frage?«, fauchte Carlos.

Ich lachte. »Gut das zu wissen. Vergiss den Blödmann, Carlos. Mit dem werde ich fertig.«

»Hoffentlich.«

»Keine Sorge. Hast du eigentlich eine Zahnbürste?«

»Ich habe nichts. Keinen Rasierapparat, keine Zahnbürste.«

»Ich habe immer eine Reservebürste dabei«, sagte ich stolz. »Die kannst du gerne haben.«

»Sonst nichts?«

»Willst du noch mehr? Einen Rasierapparat habe ich leider nicht.«

»Den kann ich mir von Klaus leihen, aber –«

Er legte sich neben mich. Das Ende vom Lied war, dass wir ziemlich spät ins Restaurant runtergingen.

»Es gibt nur noch Sandwiches«, rief uns Klaus entgegen. »Wir haben für euch mitbestellt!«

Wanda hatte sich gewaschen, umgezogen und frisch geschminkt. Sie zeigte auf den Stuhl an ihrer Seite. »Für dich, Carlos!«

Wolfi rückte dicht an mich ran. »Ach Mimi, du hast was versäumt!«, rief er theatralisch. »Niemand, wirklich niemand konnte uns helfen. Entweder fuhren die Autos vorbei oder die Leute hatten keinen Schraubenschlüssel. Endlich erinnerte sich der gute Alte – weißt du, er hatte nur zwei schwarze Zahnstummel im Mund und roch grässlich nach Knoblauch – daran, dass der nächste Ort gar nicht so weit entfernt war und sogar eine Autowerkstatt hatte. Eine Stunde nachdem Carlos losgefahren war, fiel ihm das ein!«

Wolfi ließ mich nicht aus den Augen. Immer wieder legte er seine Hand auf meinen Arm. »Tja, Bahrim kroch schließlich auf den Felgen in den Ort, wir trabten nebenher, um das Auto nicht schwerer zu belasten, dabei stolperte Wanda und lag plötzlich dekorativ im Straßengraben. Ich habe sie sofort gerettet.«

Wanda lachte spöttisch. »Du hast mir nicht mal die Hand gereicht, du Lügner!«

»Die hast du in der Dunkelheit völlig übersehen«, entgegnete Wolfi. Ich lachte. Der Kerl war wirklich schlagfertig!

»Der Ort«, fuhr Wolfi fort, »bestand aus wenigen, sehr wenigen Lehmhäusern, die Männer saßen alle im einzigen Café und amüsierten sich wahnsinnig, indem sie sich anschwiegen und mit Pfefferminztee betranken.

Aber wir haben ihren Abend gerettet, wir brachten eine kräftige Brise der großen weiten Welt, von Aufregung und Abenteuer ins Dorf. Plötzlich waren alle auf den Beinen, sie umringten das Auto, und bevor wir auch nur einen Pieps hätten sagen können, stand neben Bahrim ein Bulle von einem Mann und schwang einen kolossalen Schraubenschlüssel über seinem Haupt.«

Eigentlich wollte ich nicht schon wieder lachen, aber diese Szene war zu komisch.

»Lach nicht, Mimi, das war erst der Anfang. Der Kerl setzt den Schraubenzieher an – aber nichts tut sich. Nichts. Bei keiner Schraube. Die Dinger hatten sich festgefressen. Der Kerl knurrt, setzt den Schraubenschlüssel aufs Neue an – und springt drauf. Ein Ruck, ein grässliches Knirschen und die Schraube ist los. Bravo!, rufen alle und klatschen Beifall. Der Mann wiederholt das Ganze. Die Schrauben sind los, er wechselt gleich das Rad aus, wo er schon mal bei der Arbeit ist, aber wenn du denkst, danach hätten wir losfahren können, täuschst du dich. Nichts da. Wir mussten jede Menge Tee trinken, drei Tassen pro Nase. Und weißt du was, Mimi?« Wolfi beugte sich vertraulich vor und flüsterte: »Seitdem ist mir schlecht. Das Kraut ist mir nicht bekommen.«

»Du Armer!«

Das hätte ich nicht sagen sollen. Carlos murmelte etwas Unfreundliches, aber Klaus meinte gelassen: »Wolfi, das reicht. Jetzt hast du deine Show abgezogen. Wir sind auch noch da. Also, Leute, wann fahren wir morgen früh los?«

»Wir sollten zeitig aufbrechen«, gab Bahrim zu bedenken. »Wir müssen einen neuen Reservereifen besorgen, das Rad zurückbringen und Carlos' Gepäck einladen. Bis wir dann in Imouzzer ankommen, wird es dunkel sein. Aber wartet mal!« Er winkte dem Kellner. »Wann gibt es Frühstück?«

»Ab acht Uhr.«

»Na, dann wird's halb neun werden.«

Wanda gähnte und legte ihren Kopf an Carlos' Schulter. »Mein Gott, bin ich müde!« Sie hauchte Carlos einen Kuss auf die Wange.

Was, um alles in der Welt, ist bloß mit dieser Wanda los?, fragte ich mich und stand auf. »Ich bin auch ziemlich müde.«

»Kleine, ich bringe dich hoch«, erbot sich Wolfi sofort, aber Carlos hatte schon den Arm um mich gelegt. »Komm, Mimi.«

In unserm Zimmer funkelten wir uns wütend an. »Was denkst du dir eigentlich –«, fauchte Carlos.

»Hast du was mit Wanda gehabt?«, zischte ich.

»Ich? Nein, überhaupt nicht«, erwiderte er heftig. »Wir verstehen uns gut, wir sind Freunde –«

»Ach nee! Nur Freunde? Warum legt sie dann ihren Kopf an deine Schulter und küsst dich, während ich neben dir sitze? Kannst du mir das sagen?«

»Warum soll sie's nicht tun? Was ist schon dabei?«

Mir blieb die Spucke weg. »Findest du das nicht ziemlich vertraulich?«

»Nein. Finde ich nicht. Aber wie konntest du über jeden blöden Witz von Wolfi lachen? Der muss ja auf falsche Gedanken kommen!«

»So? Muss er das? Von mir aus kann er denken, was er will. Mich kümmert's nicht. Wenigstens ist er nicht an mir festgeklebt!«

Ich war so wütend und enttäuscht, dass ich heulend aufs Bett fiel. »In Deutschland haben wir uns nie gestritten!«, schluchzte ich. »Aber jetzt, wo wir uns nach vierzehn Tagen zum ersten Mal wieder sehen, ausgerechnet da müssen wir streiten! Ich fliege morgen sofort nach Hause! Amüsier du dich mit Wanda und lass mich in Frieden!«

»Wegen Wanda willst du nach Hause fliegen? Wegen Wanda? Mimi, das ist kein Thema!«

»Ist es doch!«

»Bestimmt nicht! Aber dieser Wolfi macht mich wahnsinnig!«

»Blödmann! Was soll Wolfi schon anrichten? Nichts! Versteh mich doch, Carlos, ich wollte am ersten Abend nicht gleich einen Streit mit ihm anfangen!«

»Mit mir schon, was?«

»Ich wollte mich nicht mit dir streiten!«, verteidigte ich mich. »Aber meinst du, es gefällt mir, wie Wanda sich verhält? Keine Gelegenheit lässt sie aus, um allen zu zeigen, wie vertraut ihr miteinander seid. Sie tut ja, als wäre ich nicht da!«

»Na und? Lass sie doch. Du bist da, nur das ist wichtig für mich«, sagte Carlos leise.

Na ja, wir versöhnten uns.

SAMSTAG

Jede Menge Störfaktoren

Am nächsten Morgen hatte Wanda ihren großen Auftritt. Sie trug die kürzesten Shorts, die ich je gesehen habe, ein pinkfarbenes Bustier samt passender Bluse, an der sie einen einzigen Knopf zugemacht hatte. Immerhin! In ihrem Zopf glänzten Bändchen in Pink, Neongrün und Quietschgelb. Sie stellte sich am Buffet dicht neben Carlos und flüsterte so, dass ich es hören musste: »Na, hattest du 'ne geile Nacht?«

Carlos wurde rot. Wanda lächelte ihn an. Junge, das konnte sie! Mit halb geschlossenen Lidern und so, als würde sie jede Menge intimer Geheimnisse mit Carlos teilen. Sie spielte mit ihrer lila Perle und sagte vertraulich: »Du hast ja 'ne tolle Eroberung gemacht, Mimi. Wolfi ist hin und weg von dir. Na ja, das heißt bei jemandem wie Wolfi nicht viel. Er fliegt auf jedes Mädchen.«

»Ach ja? Auf dich auch?«

»Er ist nicht mein Typ«, antwortete sie schulterzuckend.

»So? Wie schade. Hoffst du, er sei MEIN Typ? Da muss ich dich leider enttäuschen. Aber kannst du mir sagen, wer DEIN Typ ist?«

Wanda verdrehte die Augen. »Ach Gott, schiebst

du noch Beziehungskisten durch die Gegend? Wie öde! So was find ich nur ätzend. Aber klar, du bist ja noch reichlich jung.«

Aha, dachte ich wütend, hab ich's doch geahnt. Hier ist jemand, der mir die Krallen zeigt.

Wie steht's mit Carlos? Unterstützt er mich? Nicht die Bohne! Er tut so, als würde er nichts bemerken! Na warte …

Ich setzte mich. Verdammt, dachte ich, muss denn bei jeder Reise ein Störenfried für Aufregungen sorgen? Auf der Trekkingtour durch Kanada war der Lügner Keko dabei, in Hongkong – ach Hongkong! Da kam die Enttäuschung erst hinterher! Nur in Chile war eigentlich alles paletti. Nein, stimmt ja gar nicht. In Chile wollte ich mir Carlos vom Hals halten. Aber dann kam alles ganz anders … Ich verschluckte mich an meinem Orangensaft. Jedenfalls: Carlos und ich gehören zusammen. Ob es ihr passt oder nicht, Wanda würde das akzeptieren müssen. Und Wolfi? Der war das kleinere Problem. Mit dem würde ich fertig werden!

Ich stellte fest, dass wir sechs allesamt Morgenmuffel waren. Außer »Ist noch Tee in der Kanne?« und »Bitte reich mir mal die Marmelade rüber« hatte keiner etwas gesagt.

Ich zupfte ein Stück vom Fladenbrot und träufelte Honig darauf. Beides schmeckte total anders als daheim. Aber so ist das bei Reisen in fremde Länder. Wer da erwartet, dass alles so ist wie zu Hause, sollte lieber nicht in den Zug oder ins Flugzeug steigen. Ich wischte meinen Mund an der Serviette ab und sagte mir: Mimi, du bist eine Frau der Tat. Denk daran, dass die erste Gelegenheit meist die beste ist. Also nütze sie.

Wir standen auf, holten das Gepäck und beluden den Kleinbus.

Bahrim saß schon hinterm Lenkrad, gerade stieg Carlos ein, da legte ich Wolfi die Hand auf den Arm und zog ihn hinters Auto. »He Wolfi, pass mal auf. Carlos und ich gehören zusammen. Ich will nicht, dass sich daran was ändert. Kapiert?«

Wolfi riss die Augen auf. »Was willst du damit sagen, Mimi? Ich weiß, dass ihr Freunde seid. Aber das heißt doch nicht, dass wir kein Wort miteinander wechseln dürfen? Oder? Sind wir etwa im Mittelalter? Hast du Redeverbot bekommen? Stehst du so unterm Pantoffel? Hätte ich nicht gedacht, so wie du aussiehst.«

»Mein Gott, verstehst du nicht, was ich dir sagen will?«, entgegnete ich entgeistert.

»Ehrlich gesagt, nein, Mimi. Ich versteh nur Bahnhof.«

»Du bist unmöglich.«

»Das hat man mir schon oft gesagt«, erwiderte Wolfi cool. »Und immer war es der Beginn einer wundervollen Freundschaft.«

»Waaas?« Fassungslos starrte ich ihn an.

Wolfi grinste. »Übrigens: Hast du dich schon gefragt, was zwischen deinem Carlos und Wanda läuft?«

»Da ist nichts«, fauchte ich.

»So? Wer sagt das? Carlos? Haha! Warst du oder war ich zwei Wochen mit den beiden zusammen?«

Ich ballte die Fäuste. »Mein Gott, bist du fies!«

Ich drehte mich um, stieg ein und stellte fest, dass Wanda neben Carlos saß. Auch das noch! Das konnte ja heiter werden. Was heißt heiter: Sie würde anstrengend und gefährlich werden für Car-

22

los und mich. Aber ich würde kämpfen, ohne Frage würde ich kämpfen!

Ich nagte an meiner Unterlippe. Mimi, sagte ich mir, vergiss nicht: Mut ist eine Sache des Trainings. Nur – diese Art Training war neu für mich. Aber wollte ich nicht immer Neues erleben? Jede Menge Erfahrungen sammeln, um schließlich die beste Reisejournalistin aller Zeiten zu werden? Ich holte tief Luft, zählte bis zwanzig, dann lächelte ich Wanda an und sagte: »Können wir bitte die Plätze tauschen? Carlos und ich waren zwei Wochen voneinander getrennt. Wir haben Nachholbedarf, verstehst du?«

Ich quetschte mich rücksichtslos zwischen die beiden.

Klaus hatte alles mitbekommen. Er hob den Daumen, grinste mich an und meinte: »Bahrim hat für uns alle Zimmer in einem kleinen Hotel in der Nähe von Imouzzer bestellt. Das Dorf liegt luftlinienmäßig nur etwa achtzig Kilometer von Agadir entfernt, aber weil die Straße durch eine Schlucht und über viele Serpentinen in die Höhe führt, wird die Fahrt einige Stunden dauern.«

Das alles ließ uns in Hektik ausbrechen. Zuerst besorgten wir den Reservereifen, dann gaben wir das Rad zurück und bekamen dafür Carlos' Gepäck und so wurde es früher Nachmittag, bis wir uns endlich auf der Straße Richtung Imouzzer befanden.

Die Gegend war cool: Ein wilder Fluss schäumte durch eine enge Schlucht mit hoch aufragenden Wänden und vielen Felsen, die Straße war schmal und voller Kurven. Dazu kamen die langsamen Eselkarren und fetten Laster, die das Überholen schier unmöglich machten. Bahrim war dauernd am Bremsen, Gasgeben, Kuppeln, Schalten und wir stellten gerade besorgt fest, dass wir, würde er noch lange hinter dem Eselkarren herschleichen, erst bei Dunkelheit ankommen würden.

»Macht doch nichts.« Wanda gähnte kräftig. »Wir haben heute nichts mehr vor, nicht wahr, Carlos? Ich will nur noch mit dir –«

Wir schraken zusammen, weil Bahrim urplötzlich einen Schrei ausstieß.

»Was ist?«

»Wenn ich die Kupplung trete, tut sich nichts!«

»Wie meinst du das?«, fragte Wolfi sofort.

»Ich bekomme keinen Gang mehr rein!«

»Na servus«, sagte ich. »Ich verstehe ja nicht viel von Autos. Aber sehr beruhigend klingt das nicht.«

»Ist es auch nicht. Ich meine, es ist nicht beruhigend. Es ist sogar verdammt mistig! Das heißt nämlich, dass die Kupplung im Eimer ist.«

Jetzt schaltete sich Klaus ein. »Wir haben zwei Möglichkeiten. Bahrim kann entweder den Motor abwürgen, wir öffnen die Motorhaube, schauen mit ernster Miene auf die Kupplung, stellen fest, dass wir nichts tun können, schieben den Wagen, bis der Motor anspringt, und dann hüpfen wir schnellstens rein ...«

»Was? Wie willst du das Auto auf einer so steilen Straße anschieben? Kannst du uns das verraten?«, fragte Wolfi.

Klaus grinste ihn an. »Ich bin noch nicht fertig. Ich habe euch erst die eine Möglichkeit geschildert. Die zweite sieht so aus: Bahrim fährt, weil er ja nicht mehr kuppeln und schalten kann, im zweiten Gang bis Imouzzer. Wir drücken die Daumen und hoffen, dass er nicht plötzlich bremsen und anhalten muss, dass keiner hinten auffährt, und vor allem, dass das Benzin reicht. Reicht das Benzin, Bahrim?«

»Es reicht.«

»Na, das ist doch schon mal was. Also: Daumen drücken und beten, dass kein Eselkarren oder sonst was die Straße versperrt.«

»Wie wär's, wenn einer von uns vor dem Auto herlaufen und ›Aus dem Weg! Aus dem Weg!‹ brüllen würde?«, schlug Wolfi vor.

»Gute Idee!«, sagte Bahrim. »Vor allem weil hier jeder deine Sprache versteht!«

Wir hockten stumm auf den Sitzen. Jetzt bog der Eselkarren vor uns unvermittelt in einen kaum erkennbaren Feldweg ein. Bahrim fluchte und wich nach links aus, der Fahrer des Autos, das uns gerade überholte, hupte wütend und machte unmissverständliche Zeichen, Bahrim hob entschuldigend die Hand und wischte sich den Schweiß von der Stirn.

»Wie weit ist es denn noch bis Imouzzer?«, fragte Wanda.

Bahrim schaute auf den Kilometeranzeiger. »Bei dieser Geschwindigkeit dauert es höchstens noch zwei Stunden. Kein Grund zur Panik, wenn alles so läuft wie bisher. Drückt nur die Daumen, ja? Alles andere erledige ich.«

Auf diese Weise zuckelten wir bergauf. Es ging überraschend gut bis kurz vor Imouzzer. Da brach die Dämmerung an – und das Glück verließ uns, denn ein fröhliches Schaf hüpfte auf die Straße und trippelte neugierig auf uns zu. »Mist aber auch!«, brüllte Klaus.

25

Bahrim fluchte, was das Zeug hielt. Es gelang ihm, haarscharf um das verblüffte Tier herumzukurven, aber das war's dann. Die Herde hatte den Ausreißer eingeholt, scharte sich um ihn, blökte und beobachtete fasziniert Bahrims Bremsmanöver.

»Das war 'ne reife Leistung, Bahrim, ehrlich!« Klaus klopfte Bahrim anerkennend auf die Schultern.

Wir stiegen aus. Ein kleiner Junge, das Schwesterchen an der Hand, grüßte höflich und trieb seine Tiere fröhlich weiter.

»Und nun?« Die Straße senkte sich gemächlich zum Ort hinunter. »Anschieben«, befahl Klaus kurz und bündig.

»Nein«, sagte Bahrim. »Wir lassen das Auto hier stehen und gehen zu Fuß ins Hotel. Sonst müssen wir unser Fahrzeug morgen früh bergauf schieben.«

Das machte Sinn. So kam es, dass wir eine knappe halbe Stunde später mit Sack und Pack und ziemlich außer Atem vor dem Hotel standen.

Ich ließ meinen Rucksack von den Schultern gleiten. Dabei stieß ich fast das Moped um, das an der Wand lehnte. Ich griff rasch zu, stellte es wieder hin – und bemerkte, dass um den Lenker drei rote Plastikrosen geschlungen waren. »Schau doch, Carlos«, meinte ich anerkennend. »Hier hat jemand Sinn für Romantik, findest du nicht auch?«

Rosenblätter
und andere Blüten

Das war eine Überraschung! Im Kamin in der Halle brannte ein Feuer, Lampen in Form von Sternen verbreiteten ein warmes Licht und oben in unserem Zimmer war das Bett mit Rosenblättern bestreut. Damit noch nicht genug: Ein Orangenbaum streckte seine Zweige über unseren Balkon. Daran hingen weiße, süß duftende Blüten und reife Früchte.

Der Hunger trieb uns nach unten. Der Speiseraum war nicht weniger exotisch. In seiner Mitte war eine Herdstelle und auf einem Rost brutzelten lange Fleischspieße. Lampen mit farbigem Glas tauchten den Raum in schummriges Licht, auf den Tischen standen brennende Kerzen und auch die Tischdecken waren mit Blüten bedeckt. Es roch umwerfend gut nach undefinierbaren Gewürzen.

»Das ist Bilal«, stellte Bahrim den Kellner vor. »Gibt es etwas Gutes für uns?«

Bilal nickte lächelnd und führte uns zu einem runden Tisch. Ganz bezaubert von der Atmosphäre setzte ich mich neben Carlos und bemerkte zu spät, dass Wolfi blitzschnell seinen Stuhl an meine freie Seite rückte. Und wenn schon, dachte ich gleichmütig, abgesehen von heute früh hat er sich den ganzen Tag über normal verhalten.

Bilal setzte eine riesige Platte mit verschiedensten Salaten, hart gekochten Eiern, Oliven und eingelegten Peperoni auf den Tisch.

»Vielen Dank«, sagte Klaus erfreut. »Die Portion genügt mir. Was esst ihr?«

Im Nu war die Platte leer. Der nächste Gang war eine mit Zimt, Safran und Koriander gewürzte Möhrensuppe. Ich fand sie einfach köstlich und ließ mir den Teller ein zweites Mal füllen.

»So ist's recht«, sagte Klaus anerkennend. »Iss du nur, du musst noch wachsen, Kleine.«

Etwas krabbelte an meinem Bein hoch. »Gibt's hier Spinnen oder Käfer?«

»Es gibt Spinnen, Schlangen, Skorpione und sonst noch allerlei, was unangenehm werden kann. Aber ganz sicher nicht hier bei Bilal«, antwortete Bahrim bestimmt.

»Das beruhigt mich. Ist auch schon vorbei«, entgegnete ich. Aber kaum hatte ich die nächsten beiden Löffel Suppe heruntergeschluckt, war das Kribbeln wieder da. Ich schüttelte unwillig den Kopf – und dann begriff ich. Ein Bein bewegte sich sachte auf und ab. Dieser Wolfi!, dachte ich. Der Kerl hat einen Denkzettel verdient!

Während ich weiteraß, sah ich, wie die Serviette von Wolfis Knie glitt, er bückte sich, sein Stuhl kippte seitlich hoch – mein linker Fuß schoss vor und Wolfi landete auf dem Boden.

»Glattes Parkett, was?«, fragte ich unschuldig.

»Fliesen, Mimi, es sind Fliesen«, antwortete Wolfi cool. Aber ich merkte, dass er sich ärgerte, und machte mich auf die nächste Runde gefasst.

Bilal sammelte die Suppenteller ein. »Erinnerst du dich an Mehdi?«, fragte er Bahrim.

»Natürlich! Hast du was von ihm gehört?«

»Es geht ihm gut, aber du kannst ihn selbst fragen. Er ist hier.«

»Mehdi ist einer meiner Freunde. Er studiert mit mir an der Uni und ist – hallo, Mehdi, da bist du ja!«

Mit breitem Grinsen stellte Mehdi eine große runde Tonschüssel auf den Tisch und hob den spitz zulaufenden Deckel. »Hähnchen-Tagine mit Honig, Mandeln und Rosinen. Lasst sie euch schmecken!«, forderte er uns auf.

»Setz dich doch zu uns«, forderte Bahrim ihn auf. »Hier ist Platz!«

Mehdi quetschte sich zwischen Wolfi und mich. »Mehdi, müsst ihr wissen, ist nicht nur ein Kommilitone, er ist auch ein berühmter Gaukler und Zauberer«, erklärte Bahrim.

»Tatsächlich?«, fragte Wanda und legte ein besonders großes und schönes Hähnchenteil auf Carlos' Teller. »Noch mehr, Carlos?«

»Ja bitte. Ein paar Rosinen und Karotten.«

»Ich lerne noch«, erklärte Mehdi bescheiden, griff nach meinem Wasserglas, leerte es in einem Zug, stellte es vor sich auf den Tisch, breitete meine Serviette darüber, schlug drauf, entfernte die Serviette – und das Wasserglas war verschwunden.

»Hey! Wo ist mein Glas?«, rief ich.

»Weggezaubert«, antwortete Mehdi.

Wir suchten auf dem Tisch, wir suchten unterm Tisch. Das Glas war weg! Plötzlich stand es wieder neben meinem Teller.

»Wie hast du das gemacht? Mach's noch mal! Aber langsam, ganz langsam!«, riefen wir durcheinander.

Mehdi tat uns den Gefallen. Wir schauten ihm

auf die Finger, wir ließen ihn nicht aus den Augen, aber wieder verschwand das Glas spurlos.

»Das geht nicht mit rechten Dingen zu«, erklärte Klaus.

»Ich wette, es ist nur ein fauler Trick«, sagte Wolfi verächtlich.

»Natürlich«, bestätigte Mehdi ernst. »Zauberei besteht nur aus faulen Tricks.« Er griff in die Luft – und präsentierte mein Glas.

»Toll! Verrätst du uns den Trick?«

»Nein, das ist gegen die Berufsehre. Kein Zauberer verrät seine Tricks.« Mehdi stellte das Glas neben meinen Teller. Dabei bemerkte ich, dass der Nagel seines Zeigefingers blau angelaufen war; er musste ihn vor kurzem gequetscht haben. Natürlich, wenn man Zauberkunststücke übt, geht das nicht immer ohne Blessuren ab, dachte ich und schaufelte endlich meinen Teller voll. »Hm ... das riecht ja unglaublich gut!«

»Es ist eine marokkanische Spezialität«, erklärte Bahrim. »Wegen der kaputten Kupplung müssen wir unsere Pläne für morgen ändern, Leute. Ich schlage vor, dass wir eine Wanderung zum Berberdorf Irrerane machen. Unterwegs kommen wir an einer geologischen Sensation vorbei. Was das ist, verrate ich euch nicht. Lasst euch überraschen.«

Mehdi nickte. »Die Überraschung ist die lange Wanderung wert. Aber um dorthin zu kommen, müsst ihr ein Stück dem Flusstal folgen, bevor ihr es überqueren könnt. Ihr müsst zeitig aufbrechen; das Wetter wird nicht halten.«

»Und wenn schon«, sagte Klaus. »In unserem Land ändert sich das Wetter täglich. Wir sind daran gewöhnt.«

Bahrim und Mehdi sahen sich an. »Begleitest du uns, Mehdi?«

»Ich? Oh nein, ich – ich habe etwas anderes vor.« Wir lachten lauthals.

Wanda beugte sich zu Carlos rüber. »Diese geologische Sensation – ich denke, sie hat etwas mit den Verwerfungen . . . «

»Ach Wanda«, unterbrach Carlos sie. »Ich interessiere mich im Augenblick für keine einzige Verwerfung.«

Er legte den Arm um meine Schultern und flüsterte mir ins Ohr: »Wie sieht's aus? Willst du noch hier bleiben?«

»Mensch Carlos«, flüsterte ich zurück. »Wir waren vierzehn lange Tage getrennt! Ich habe Nachholbedarf!«

»Was meinst du wohl, wie's mir geht? Wenn dein Nachholbedarf so riesig ist wie meiner, sollten wir uns schleunigst verziehen!«

»Einverstanden. Worauf wartest du noch?«

Mehdi hatte wohl etwas Witziges erzählt, denn die anderen brüllten plötzlich vor Lachen. Als wir aufstanden, schwand das Lachen aus seinem Gesicht. »Ich beneide euch«, sagte er leise.

»Wie? Ja, wir haben es gut«, erwiderte ich eben so leise. »Gute Nacht!«

Wanda füllte ihr Glas und blinzelte Carlos wissend an.

»Vergesst nicht zu schlafen!«, sagte Wolfi anzüglich.

»Danke für den Hinweis«, antwortete ich genau so anzüglich. »Es ist nämlich so, dass wir uns beide –«

Die anderen warteten gespannt.

»– viel zu sagen haben!«

»Ich habe dir wirklich viel zu erzählen«, sagte Carlos auf der Treppe. »Von der Exkursion, von dem, was wir alles erlebt haben. Und dann will ich wissen, was du ohne mich gemacht hast. Ach Mimi, ich habe dich vermisst!«

»Trotz Wanda? Weißt du, *du* hast mir überhaupt nicht gefehlt!«

»So? Wie schade. Aber du hast dir ja geschworen dich nie wieder zu verlieben«, spottete er.

»Stimmt. Nur konnte ich meinen Schwur leider nicht halten. Da war so ein Typ, der wollte einfach nicht begreifen, dass ich nichts von ihm wissen wollte. Irgendwie hat er mich dann doch rumgekriegt.«

Eng umschlungen traten wir auf den Balkon hinaus. Die Orangen schaukelten im Abendwind, die Blüten dufteten betäubend und der Sternenhimmel war einfach atemberaubend.

Im Nu vergaßen wir, dass wir uns eigentlich voneinander erzählen wollten. Aber das machte nichts; wir hatten ja noch viele gemeinsame Tage vor uns.

Und Wolfi? Wanda? Die beiden konnten uns gestohlen bleiben!

SONNTAG

Das Gewitter

✱ ✦ ✱ ✦ ✱ ✦ ✱ ✦ ✱ ✦ ✱ ✦ ✱

Was, um alles in der Welt, riss mich in dieser Frühe aus dem Schlaf? Es dämmerte ja kaum … Wer sang denn da? Ach, das musste ein Muezzin sein! Mit einem Sprung stand ich auf dem Balkon. Das Minarett war nicht zu sehen, aber den Gesang des Muezzins wehte der Wind zu mir.

Ich pflückte eine Orange vom Zweig, schälte sie und entdeckte, dass eine Schlingpflanze mit riesigen violetten Blüten den Baum umrankte, dass unzählige Geranientöpfe in allen Größen und Formen den Hof zierten, dass im Garten und weit den terrassierten Hang hinunter nicht nur Orangen-, sondern auch Zitronen- und Feigenbäume wuchsen, dass der Himmel fast unmerklich von silbrigem Perlmutt in hellstes Blau überging und die Berge des Atlas in sanftem Braun hervortraten. So muss es im Paradies aussehen, dachte ich und lauschte dem letzten, lang gezogenen Ton des Muezzins.

»Mimi! Wo bist du? Komm ins Bett!«

»Komm lieber raus zu mir!«

»Was? Ins Freie? Jetzt schon? Bist du wahnsinnig?«

»Ich bin verzaubert … «

33

»Oh!« Carlos trat hinter mich und schlang die Arme um mich.

»Etwas so Schönes habe ich noch nie gesehen«, flüsterte ich. »Erinnerst du dich an den Morgen in der Atacama-Wüste, als es so kalt war, dass der Motor nicht ansprang? Die Gegend war auch schön, aber sie machte einem trotzdem Angst.«

»Ich weiß, was du meinst«, entgegnete Carlos leise. »Der Himmel, die Berge, die vielen Blumen und Früchte zaubern eine ganz besondere Stimmung.«

Ich nickte. »Man lächelt, ohne es zu merken.«

»Selbst dann, wenn einem kalt ist. Ich finde, wir sollten uns im Bett aufwärmen.«

Das taten wir. Lange und so ausgiebig, dass wir zu spät zum Frühstück erschienen.

Die andern feixten natürlich.

Wolfi sagte vertraulich zu Wanda: »Siehst du den Knutschfleck an Mimis Hals? Ich wette, das ist nicht der einzige.«

»Carlos, du Schlingel aber auch! Hast in der Hektik das Aufpassen vergessen?«, fragte Wanda spöttisch. Ich merkte, wie mein Gesicht anfing zu glühen, Mist noch mal!

Wir erfuhren, dass Bahrim schon beim Mechaniker gewesen war. Aller Voraussicht nach könnten wir das Auto am Abend abholen.

Deshalb packten wir unsere Rucksäcke und marschierten eine Viertelstunde später los, versehen mit Bilals Vesperpäckchen und tausend Ermahnungen, nur ja auf das Wetter Acht zu geben. »Es ist viel zu heiß für die Jahreszeit«, hatte er uns beim Abschied gesagt. »Deshalb könnte es ein Gewitter geben; und vergesst nicht, hier sind schon mehr Menschen ertrunken als verdurstet. Passt auf euch auf, hört ihr?«

Das rosengeschmückte Moped war verschwunden.

Wir gingen durch den Ort und folgten dann einem schmalen Pfad hinauf in die Berge. Zunächst waren noch allerlei Büsche und Bäume links und rechts des Wegs, stachliger Ginster tupfte sein leuchtendes Gelb zwischen Braun und Grün, wilder Thymian und Rosmarin dufteten und ausladende Lavendelpflanzen wuchsen so üppig, dass die Kräuter der Provence armselige Kümmerlinge dagegen waren.

Nach und nach wurde die Landschaft karger und schließlich bestand sie nur noch aus Stein, Fels und nackter Erde. Heiß wurde es auch.

Schweißgebadet machten wir gegen Mittag unter einem der seltenen Arganbäume Rast. »Passt auf, wohin ihr euch setzt«, meinte Bahrim. »Sucht den Boden nach Skorpionen ab, sie verstecken sich zwar tagsüber, aber hin und wieder verspätet sich einer.«

Wir fanden nichts Gefährliches, packten unsere Vesper und die Wasserflaschen aus und setzten uns auf die Rucksäcke.

Vor uns lag ein enges, geröllbedecktes Tal, hinter dem sich, so weit das Auge reichte, weitere Hügel und Berge erhoben. Der Himmel war mit einem dünnen Schleier überzogen, kein Windhauch regte sich und selbst im Sitzen rann der Schweiß in Strömen.

Ganz in unserer Nähe befand sich eine lehmbraune Behausung, die von einer hohen Mauer umgeben war. Plötzlich öffnete sich das blau gestrichene Tor und ein Mädchen, höchstens so alt wie ich, kam mit einem Tablett in der Hand auf uns zu und stellte es auf den Boden. Erstaunt betrachteten wir die Fladenbrote, die Schale mit Honig und die Mandeln.

»Ist das für uns?«, riefen wir überrascht. »Vielen herzlichen Dank!«

Bahrim unterhielt sich mit dem Mädchen, dann forderte er uns auf tüchtig zuzulangen. »So ist das bei uns in Marokko«, sagte er stolz. »Wir verwöhnen fremde Wanderer.«

»Bei uns«, meinte Wolfi, »schließen wir die Tür vor ihnen. Sag dem Mädchen, es soll sich zu uns setzen.« Er klopfte einladend an seine Seite.

Das Mädchen kicherte und zog den Schal über den Kopf.

»Das geht nicht«, protestierte Bahrim. »Kein Mädchen darf sich zu einem Fremden setzen.«

Wanda kramte einen Kugelschreiber aus ihrem Rucksack. Das Mädchen schien sich darüber zu freuen, bedankte sich mit einem höflichen Kopfnicken und redete dann ernsthaft auf Bahrim ein.

»Sie meint«, sagte er, »das Wetter würde bald umschlagen. Wir sollen umkehren.«

»Umkehren?«, wiederholte Klaus. »Warum? Wir alle haben einen wasserdichten Anorak dabei und tragen feste Schuhe. Ein bisschen Regen macht uns nichts aus, Bahrim, keine Sorge.«

Wir standen auf und warfen die Rucksäcke auf den Rücken. Das Mädchen griff nach dem Tablett – keine einzige Mandel hatten wir übrig gelassen, sie waren so frisch und süß, wie wir sie noch nie zuvor gegessen hatten –, sie stutzte, drehte rasch einen flachen Stein um und wir sahen, wie ein großer Skorpion ärgerlich sein schwanzförmiges Körperende wie einen straff gespannten Bogen in die Luft reckte und dann unter dem nächsten Stein Deckung suchte.

»Das war mein erster Skorpion!«, rief ich.

»Meiner auch«, stellte Wanda fest und schüttelte sich ein bisschen. »Der sah ganz schön gefährlich aus, was? Ich hab 'ne richtige Gänsehaut bekommen, Carlos. Hier, sieh mal!«

»Nein danke! Aber die riesigen Scheren und der Giftstachel waren ziemlich beeindruckend.«

»Beängstigend, was?«, meinte Bahrim. »So ein kleines Tier ist aber ziemlich harmlos. Außerdem sticht es nur zu, wenn es sich bedroht fühlt. Aber egal wie groß der Skorpion ist: Sein Stich ist immer schmerzhaft. Nun kommt endlich. Wir haben schon zu viel Zeit verloren.«

Ich griff nach Carlos' Hand und bemerkte, dass einer seiner Schnürsenkel aufgegangen war. Während er ihn wieder zuband, ging ich langsam weiter. »He Mimi, was macht denn Carlos da hinten?«, wollte Wolfi sofort wissen. »Habt ihr euch gestritten?«

»Wie kommst du nur auf eine so abartige Idee?« Ich schüttelte den Kopf. »Keine Chance, Wolfi, Carlos bindet nur seinen Schnürsenkel.«

»So? Schade.«

»Nur für dich.« Ich lachte ihn herausfordernd an. »Finde dich einfach damit ab, dass zwischen uns alles in Ordnung ist. Wir beide haben schon viel zu viel zusammen erlebt, wir wissen, dass wir uns aufeinander verlassen können.«

»Red doch keinen Mist, Mimi. Niemand weiß von einem anderen, wie verlässlich er ist.«

»Quatsch, Wolfi! Du denkst so, weil du selbst so

bist.« Ich schaute mich nach Carlos um. Klaus hatte sich zu ihm gesellt, die beiden redeten eifrig miteinander.

Wolfi runzelte die Stirn. »Was hast du gerade gesagt? Ihr beide hättet schon viel miteinander erlebt?«

»Oh ja. Wir haben einen Raubgräber gejagt und dingfest gemacht. Wir haben ein Erdbeben überlebt und sind mutterseelenallein durch die höchstgelegene Wüste der Erde marschiert. Ist das etwa nichts?«, fragte ich herausfordernd.

»Dann wird's Zeit, mit einem neuen Partner etwas Interessantes zu erleben«, antwortete er.

Ich musste einfach lachen. »Weshalb sollten wir uns trennen, wenn wir glücklich miteinander sind? Wir lieben uns.«

»Ach nee – Liebe! Die ist schnell vorbei.«

»Du hast ja keine Ahnung.« Ein Windstoß wirbelte Staub auf. »Endlich ein bisschen frische Luft«, meinte ich erfreut und wischte einen Schweißtropfen von der Nase. »Was ist denn das?«, rief ich entgeistert und zeigte nach vorn. Eine braune Wand jagte direkt auf uns zu. »Sand!«, rief Wolfi. »Das ist Sand und Staub!«

Im Nu prasselten uns winzige, scharfkantige Körnchen ins Gesicht. Ich zog ein Taschentuch heraus und presste es an die Nase – die einzige Möglichkeit, atmen zu können.

Der Spuk war so schnell vorbei, wie er gekommen war. Bahrim meinte besorgt: »Hört zu, das Unwetter bricht los. Wir bleiben dicht beieinander, niemand bleibt zurück oder rennt voraus, klar?«

»Aus heiterem Himmel soll ein Unwetter kommen?«, fragte ich Carlos.

»So heiter ist es gar nicht mehr. Siehst du nicht die dunklen Wolken? Und da – das hörte sich an wie Donner.«

Da der Weg nun steil hinunter in die Schlucht führte, mussten wir im Gänsemarsch hintereinander gehen. Bei jedem Schritt kollerte loses Geröll, man musste höllisch aufpassen, wohin man trat.

Endlich waren wir unten. Das Bachbett war völlig ausgetrocknet, wir sprangen von Stein zu Stein, bis Bahrim Halt machte und weit nach vorne zeigte. »Seht ihr die großen Felsbrocken? Dahinter führt der einzige Weg aus der Schlucht heraus. Wir müssen uns beeilen, weil – hoppla! Jetzt ...«

Ein Windstoß fegte durch die Schlucht, Staub und Steinchen wirbelten um uns herum, nichts konnte man mehr sehen, kaum atmen konnte ich. Ich klammerte mich an Carlos, der schrie mir ins Ohr: »Das Gewitter! Ich habe das Donnergrollen gehört!«

»Ich nicht!« Trotzdem packten wir die Anoraks aus, zippten den Reißverschluss hoch und zogen die Kapuze über den Kopf. Keine Sekunde zu früh: Schon fielen die ersten dicken Tropfen.

»Nichts wie los! Wir müssen schleunigst raus aus der Schlucht!«, drängte Bahrim.

»Warum denn? Das Gewitter ist weit entfernt, der Donner war ja kaum zu hören«, protestierte Wanda. »Du bist Regen nicht gewöhnt, Bahrim, deshalb fürchtest du ihn. Für uns gehört der zum Alltag.«

»Keine Zeit zum Reden«, beharrte Bahrim. »Los! Nicht stehen bleiben!«

»Gut, dass der Wind nachgelassen hat.« Ich schüttelte mein Taschentuch aus. »Staub in der Nase ist lästiger als jeder Regen.«

Wenige Sekunden später öffneten sich die Wolken und wahre Sturzbäche prasselten auf uns herab. Ich zog den Hals ein; kalt war der Regen nicht, das Dumme war nur, dass er uns wie ein grauer Vorhang die Sicht nahm. Von Wolfi, der vor mir ging, sah ich nur einen Schemen mit einem rötlichen Klecks – das war sein Rucksack. Ich drehte mich um: Carlos war mir dicht auf den Fersen.

Wir balancierten, so gut es ging, über die Steine, denn in null Komma nichts floss durch das Bachbett ganz schön viel Wasser. Nur wenige Minuten konnten vergangen sein, als ich ausglitt, mein Bein bis über die Wade im Wasser steckte und ich zu meinem Schreck bemerkte, wie hoch es inzwischen gestiegen war. Plötzlich erinnerte ich mich an Bilals Worte: Hier sind schon mehr Menschen ertrunken als verdurstet!

Na ja, dachte ich, so schnell ertrinkt man ja nicht, aber weshalb wir noch immer durch das verwünschte Flussbett waten und nicht den Hang hinaufsteigen, das verstehe ich nicht. Ich wischte den Regen vom Gesicht. Umsonst. Es goss nicht, es schüttete nicht wie aus Kübeln, es war, als wäre da oben eine riesige Pipeline geplatzt!

Carlos rief mir etwas zu. Ich verstand kein Wort, das Prasseln, Rauschen und Gurgeln war einfach zu laut. Deshalb blieb ich stehen, Carlos legte sein Gesicht an meines und brüllte mir ins Ohr: »Mimi –«, da gellte ein Pfiff durch die Schlucht.

»Was war das?«

»Das ist Bahrim! Ich kenne den Pfiff! Da vorne muss was passiert sein, komm, Mimi! Beeil dich!«

Inzwischen ging mir das Wasser bis übers Knie. Ich biss die Zähne zusammen, arbeitete mich

40

Schritt für Schritt durch die Flut, bis ich Wolfi ausmachen konnte und Klaus und Bahrim. Wanda?
Wo war Wanda?

»Habt ihr Wanda gesehen?«, brüllte Bahrim
durch den Wasservorhang. »Nicht? Sie war zwischen mir und Klaus, dann kam Wolfi, dann du,
Mimi, und du, Carlos, warst der Letzte. Ihr habt sie
nicht gesehen?«

Wir schüttelten die Köpfe. Mit unverminderter
Heftigkeit knallte der Regen herunter. Obwohl wir
fünf ganz nahe beieinander standen, war die Sicht
miserabel und das Wasser stieg von Sekunde zu Sekunde. »Vielleicht wollte Wanda den Hang hoch,
ich meine, ich hab mir das auch überlegt«, schrie
ich. »Würd ja auch Sinn machen, oder?«

»Auf keinen Fall!«, brüllte Bahrim. »Der Lehm
verwandelt sich im Nu in Schmierseife! Die einzig
begehbare Stelle ist in der Nähe der Felsen, die ich
euch gezeigt habe!«

»Pfeif noch mal, Bahrim. Und wir rufen. Gleichzeitig!«, sagte ich. »Wan-da! Wan-da!«

Wir horchten. Da war nichts außer dem Lärmen
des Wassers. Ich dachte fieberhaft nach. Wenn
Wanda ins Wasser gestürzt wäre, hätten wir das mit-
gekriegt. Klaus und Bahrim konnte sie nicht über-
holt und ebenso wenig konnte sie sich in Luft aufgelöst haben.

Blieb also nur noch der Hang. Wenn sie vernünftig gewesen war, hatte sie sich die rechte Seite ausgesucht. So weit, so gut. Vielleicht stand sie schon
oben, war in Sicherheit und fürchtete nur, wir würden ertrinken? Also –

»Hilfe! Hilfe! Wo seid ihr!«

»Das war Wandas Stimme!«

41

»Hiiii –«

»Das kam von weiter vorn«, brüllte ich und stapfte los. Die Wellen gurgelten und schäumten, kaum sehen konnte ich, aber da stieß mein Bein gegen etwas Weiches, ich bückte mich, griff ins Wasser, fühlte Stoff, zog, der Stoff rutschte mir aus den Fingern, das da musste Wandas Kopf sein, ich packte zu, hatte ihren langen Zopf in der Hand, ließ ihn los, griff erneut zu – das war ihr Gesicht, ich hielt es über Wasser, jetzt waren auch die anderen zur Stelle, gemeinsam hoben, zogen, zerrten wir sie nach rechts bis dahin, wo der Hang war, wir rutschten, jemand schrie auf, der Boden war wirklich die reinste Schmierseife. Nirgendwo fanden die Füße Halt, wir konnten nur hoffen, dass der Regen nachließ und wir Wanda so lange über Wasser halten konnten.

Noch immer stieg der Pegel. Weit übers Knie reichte mir das Wasser, meine Hände wurden steif, lange würde ich nicht mehr aushalten können … aber dann, so plötzlich, wie er angefangen hatte, hörte der Regen auf: Jemand hatte wohl die Pipeline abdichten können. Um uns schäumten und wirbelten die braunen Wellen, die Wolken rissen auf, ein erster Sonnenstrahl brach durch. Es war nicht zu fassen!

Noch immer umklammerte ich Wandas Gesicht. Lidschatten und Wimperntusche waren total verschmiert. Sie hatte die Augen geschlossen. Ob sie atmete? Ich beugte mich zu ihr herunter. »Wanda! Hallo, Wanda, hörst du mich?«

Keine Reaktion. Jetzt, wo der Regen aufgehört hatte, sahen wir auch die Felsen. So weit waren wir gar nicht davon entfernt; ich zeigte mit dem Kinn nach vorn. »Wir müssen dorthin.«

»Klar«, sagte Wolfi eifrig. Die paar Meter waren ein hartes Stück Arbeit, nie hätte ich gedacht, dass ein Mädchen so schwer sein konnte.

Wir lehnten ihren Oberkörper an den Fels und richteten uns auf.

»Wanda, tu uns den Gefallen und sag was«, bat ich und klopfte ihr auf die Wangen. »Los, sag schon was! Hörst du mich?«

»Ich hab noch nie jemanden gesehen, der ertrunken ist«, sagte Wolfi leise. Das brachte mich in Rage. »Wanda ist nicht ertrunken! Sie ist ins Wasser gefallen, vielleicht hat sie sich den Kopf angestoßen – wir müssen sie flach auf den Boden legen«, sagte ich bestimmt. Schon streifte Bahrim ihr den Rucksack vom Rücken, Klaus hob die Beine hoch, Carlos ihren Oberkörper, jetzt lag sie ausgestreckt hinter dem Fels, war in Sicherheit und hätte nur die Augen öffnen und »Was ist los?« sagen müssen und alles wäre paletti gewesen.

Aber nichts, gar nichts war paletti. »Legt ihre Beine auf den Rucksack.« Ich dachte nach. Wie war das mit der Mund-zu-Mund-Beatmung? Fieberhaft überlegte ich, was ich im Erste-Hilfe-Kurs gelernt hatte. »Carlos, du musst deine Hände auf ihren Brustkorb legen, und immer wenn ich ›eins‹ sage, drücken und bei ›zwei‹ loslassen. Klar? Aber zuerst versuche ich es mit der Beatmung. Wenn das nicht funktioniert, bist du dran.«

Ich hielt Wanda die Nase zu und presste ihr meinen Atem ein. Ohne Erfolg. »Jetzt du, Carlos!«, keuchte ich. »Eins, zwei, eins ... «

Wandas Augenlider flatterten. »Weiter, Carlos, weiter!«, schrie ich. »Jetzt! Du hast's geschafft!«

Wanda öffnete die Augen. Sie atmete, sie hustete,

sie spuckte Wasser. Carlos hielt sie fest. »Weiter so, Wanda, nicht aufgeben!«

Wanda hob ihre Arme, legte sie Carlos um den Arm und flüsterte: »Carlos, du bist da! Jetzt ist alles gut! Ich bin ja so froh … ich liebe dich … « Ihre Augen schlossen sich wieder, die Arme fielen herab.

»So war das nicht ausgemacht!«, rief ich wütend. Was ich damit meinte, weiß ich heute noch nicht. Jedenfalls wollte ich nicht, dass sie wieder in Ohnmacht fiel, aber noch weniger wollte ich, dass sie zu Carlos »Ich liebe dich« sagte. Dass sie ihn mochte, war ihre Sache. Aber dass sie Abstand halten und Carlos und meine Freundschaft akzeptieren musste, war meine, war unsere Angelegenheit. Ich war wütend und das zeigte ich. »Wanda!«, schrie ich sie an und knallte ihr rechts und links eine Ohrfeige runter. Das half. Niemand war überraschter als ich.

Ihr Blick wurde klar, sie hustete noch ein paar Mal, dann halfen wir ihr auf.

»So. Und nun erzähl, was dir passiert ist«, fuhr ich sie an.

Wanda war wohl noch zu durcheinander, um Widerstand zu leisten. »Als das Wasser stieg und immer weiter stieg, wollte ich den Hang hinauf.«

»Ha!« Das hatte ich mir gedacht!

»Aber er war so glitschig, dass ich kaum vorwärts kam. Trotzdem schaffte ich es bis zu einem großen Stein. An dem hielt ich mich fest. Ich ahnte, dass er nicht lange halten würde, also versuchte ich weiterzukommen. Plötzlich rutschte ich ab, ich weiß noch, dass ich ins Wasser fiel … aber das ist auch schon alles. Ich wachte auf und sah in dein Gesicht, Carlos. Du hast mich gerettet. Vielen Dank, ich … «

»Wir alle haben dich gerettet«, unterbrach ich sie grob. »Du hättest genauso gut in Bahrims Gesicht sehen können, oder in das von Wolfi oder Klaus.«

»Am wahrscheinlichsten wäre gewesen, dass du in Mimis Gesicht gesehen hättest«, sagte Klaus sachlich. »Sie hat dich nämlich mit ihrer Mund-zu-Mund-Beatmung ins Leben zurückgeholt. Carlos hat ihr nur geholfen. Überhaupt – wenn du schon jemandem dankbar sein willst, so ist es Mimi. Sie war die Einzige, die wusste, was zu tun war. Klar?«

»Stimmt das?«, fragte Wanda unsicher. »Aber Carlos ...«

»Alles, was Klaus gesagt hat, stimmt«, bestätigte Carlos.

»Ach ...«

»Tja, so war das«, meinte Klaus noch einmal. »Wie ist's? Kannst du gehen? Ich trage deinen Rucksack. Einverstanden?«

Die Nacht

Es dauerte fast eine halbe Stunde, aber dann hatten wir es aus der Schlucht geschafft. Ein letztes Mal sahen wir uns um. »Unglaublich!«, rief Wolfi. »Schaut doch! Das Wasser ist noch höher gestiegen! Wie kommt das?«

»Das Gewitter hat sich zwar in einiger Entfernung entladen«, sagte Bahrim, »aber geregnet hat es überall und jetzt fließt das Wasser von sämtlichen Hügeln der Gegend, es sammelt sich in der Schlucht, und je mehr zusammenkommt, desto höher steigt der Pegel. Wenn man in einem noch engeren und tieferen Tal als diesem da unterwegs ist, kann es vorkommen, dass man nichts vom Gewitter hört und sieht und plötzlich von Wassermassen überrascht wird. Deshalb gilt Regel eins: Nichts ist gefährlicher als bei einem Gewitter durch ein trockenes Flusstal, ein Wadi, zu gehen. Regel zwei: Übernachte nie in einem Wadi, du könntest im Schlaf überrascht werden und ertrinken. Alles klar? Übrigens: Das Wasser steigt noch immer, Mist aber auch.«

»Na und?« Wolfi hob lässig die Schultern. »Dank unseres beherzten Einschreitens haben wir Wanda gerettet und sind in Sicherheit.«

46

»Hast du dir überlegt, wie wir zurückkommen?«, fragte Bahrim.

»Es wird doch irgendwo 'ne Brücke geben.«

Bahrim schüttelte den Kopf. »Der einzige Weg zurück führt durch die Schlucht.«

»Das heißt, wenn das Wasser nicht innerhalb von ein, zwei Stunden abfließt, müssen wir nass, wie wir sind, im Freien übernachten?« Zum ersten Mal nach ihrer Rettung meldete sich Wanda zu Wort.

»So ist es.«

Carlos und ich sahen uns an. Wir grinsten. »Mit Nächten im Freien kennen wir uns aus, nicht wahr, Mimi?« Carlos legte den Arm um meine Schultern. »Das Wasser steigt tatsächlich noch immer. Wir sollten uns um eine gemütliche Übernachtungs-möglichkeit kümmern. Vielleicht gibt es hier 'ne nette Höhle, wir sammeln Holz, zünden ein Feuer an, trocknen unsere Kleider und spielen ›Geiler Steinzeit-Abend‹.«

»Also ich finde das überhaupt nicht spaßig«, fuhr Wanda hoch.

»Nicht? Ich fände das nicht übel«, kommentierte Wolfi. »Wir alle nackt ums Feuer … also das hätte doch was, oder?«

»Du bist ein Blödmann«, stellte Klaus fest. »Bah-rim, du kennst dich doch in dieser Gegend aus. Gibt es vielleicht eine Kneipe, ein Gasthaus, irgendeine Herberge?«

»Hier gibt es keine Kneipe, keine Herberge, kein Gasthaus – warum lachst du, Mimi?«

»Weil – als ich mit Carlos in Chile unterwegs war, hab ich ihn mal genau dasselbe gefragt.«

»Und? Wo habt ihr dann übernachtet?«

»Im Auto. Es war lausig kalt.«

»Unser Auto steht in der Werkstatt. Also Bahrim, was machen wir?«

»Bilals Familie wohnt nicht weit von hier in einer Kasbah.«

Wir dachten nach. »Eine Kasbah? Ist das nicht eine alte Lehmburg, in der eine vollständige Sippe haust, komplett mit Tieren und so?«

»Früher war das so. Die Kasbah von Bilals Familie ist aber viel einfacher und bei weitem nicht so groß wie eine der berühmten alten Burgen. Ich bin sicher, dass wir dort übernachten können.«

»Worauf warten wir noch?«, fragte Wolfi. »Warum gehen wir nicht endlich los? Und kommen wir noch an der geologischen Sensation vorbei?«

»Hatschi! Hatschi, hatschi«, nieste Wanda.

»Die ist morgen auch noch da. Beeilung, Leute, es ist fast vier Uhr! In zwei bis drei Stunden wird es dunkel!«

Wir setzten uns in Bewegung. Meine Turnschuhe quietschten, meine Jeans scheuerten, aber Carlos und ich gingen Hand in Hand. Nur das zählte.

Nach einiger Zeit verließen wir das nackte Hochplateau und trafen auf einen schmalen Pfad, der sich durch kümmerliche Büsche schlängelte, dann sahen wir die ersten Getreidefelder, ein Olivenhain folgte, durch den ein kleiner Bach floss. An einer Seite befanden sich merkwürdige, aus der Erde herausgearbeitete Mulden, die mit Zement ausgeschmiert worden waren. Ich konnte mir keinen Reim darauf machen. »Bahrim, was ist das?«

»Das ist der hiesige Waschsalon«, antwortete er grinsend. »Die Frauen kommen hierher, um in den Mulden die Wäsche zu waschen.«

Das musste ich mir genauer ansehen. Statt wie

die anderen über die Brücke zu gehen stieg ich ein paar Stufen zum Bach hinunter, ging vor bis zur ersten Mulde – und riss die Augen auf. Da, ganz in der Nähe und gut verborgen von überhängenden Zweigen, lehnte ein Moped. Ob es wohl drei rote Rosen am Lenker hatte? Ich lachte über mich selbst – das wäre ein unglaublicher Zufall! So was gab's ja eigentlich nicht, oder doch? Ich pfiff leise durch die Zähne. Da war er, der Zufall! Die Rosen waren am Lenker! Wem mochte das gute Stück gehören? Und wie kam es von unserem Hotel bis hierher? Es musste also doch eine Straße geben, eine Straße mit einer Brücke. Oder – oder der Fahrer hatte die Schlucht vor dem Unwetter passiert.

Aber warum stand es hier? Na, vielleicht ist der Fahrer ein Familienmitglied und wohnt auch in der Kasbah.

Aber warum steht das Moped so verborgen unter den Zweigen? Warum nicht auf dem Weg oder auf der Brücke?

Nachdenklich folgte ich den anderen.

Bahrim lehnte an einem Olivenstamm. »Wir sind fast da. Ich gebe euch noch schnell ein paar Infos. Also: Wir ziehen die Schuhe aus, bevor wir das Haus betreten. Bilals Vater wird uns zu essen geben, und wenn er hört, was passiert ist, können wir auch bei ihm übernachten. Das schreiben die Regeln der Gastfreundschaft vor. Aber sprecht die Frauen nicht an, seid höflich und geht sparsam mit dem Wasser um. Ich denke, das ist das Wichtigste.«

Vor uns erhob sich ein lehmbraunes, mehrstöckiges, quadratisches Gebäude mit einem Turm in jeder Ecke. Das große Tor war mit geheimnisvollen farbigen Zeichen und Ornamenten bemalt. »Die wenden den bösen Blick ab und lassen nur das Gute ein«, erklärte Bahrim und betätigte den eisernen Türklopfer.

Wir warteten.

Wanda drehte sich zu uns um. »Wenn ihr wüsstet, wie ihr ausseht! Wie Vogelscheuchen! Ich würde euch bestimmt nicht in mein Haus lassen.«

Ich war noch nicht fertig mit Wanda, deshalb entgegnete ich: »Und wenn du an einer Miss-World-Wahl teilnehmen willst, hast du mit deinem verschmierten Make-up schlechte Karten. Ich jedenfalls möchte nur ein Dach überm Kopf und ein Stück Brot oder zwei.«

Wanda machte »Pfft!« und warf den Kopf zurück.

Langsam und geräuschlos öffnete sich das Tor. Ein alter Mann schaute fragend von einem zum anderen, lächelte aber, als er Bahrim erkannte.

Zwei kleine Mädchen guckten neugierig hinterm Rücken ihres Großvaters vor, sie kicherten und zeigten auf Wandas langen Zopf mit den farbigen Bändern.

Bahrim erklärte unser Missgeschick und der alte Mann machte eine einladende Handbewegung.

Wir folgten ihm in den Innenhof. Zuerst sah ich nur die vielen Töpfe mit blühenden Rosen, Ringelblumen und Minze. Eine braune Ziege blökte, ein Vorhang wurde hastig zugezogen.

Wir stiegen eine Treppe hoch. Entlang des ganzen Gebäudes zog sich eine überdachte Veranda, an deren Seite sich Türen und Fenster öffneten. Der Platz gegenüber der Treppe war mit bunten Teppichen ausgelegt und mit ebenso bunten Polstern und Kissen bestückt. Hier ließen wir uns nieder. Ich streckte mich längelang aus und schloss die Augen.

Klaus meinte: »Eigentlich ist es ziemlich unverschämt, zu sechst einfach so hereinzuschneien und um Essen und ein Nachtlager zu bitten. Sollen wir Geld zusammenlegen und dafür bezahlen? Was meinst du, Bahrim?«

»Ausgeschlossen«, erwiderte Bahrim entschieden. »Das wäre eine fürchterliche Beleidigung. Ihr müsst die Gastfreundschaft einfach annehmen.«

Die beiden kleinen Mädchen saßen auf der Treppe, flüsterten miteinander und kicherten immer wieder. Dann kam ein junger Mann, Bilals Bruder, der uns kochend heißen, süßen Pfefferminztee servierte.

»Haben die Brüder auch eine Schwester?«, erkundigte sich Wolfi.

»Du kannst es einfach nicht lassen, was?«, fragte Bahrim. »Die beiden haben eine Schwester. Allerdings wohnt sie die meiste Zeit über in Marrakesch.«

»Schade.«

Bahrim zog die Augenbrauen hoch. »Junge, du bist in Marokko!«

Wolfi lachte.

Später, nachdem es ganz dunkel geworden war, brachte Ayoub, Bilals Bruder, eine Riesenschüssel mit Couscous, Fleisch und Gemüse. Als Zugeständnis an unsere Essgewohnheiten reichte er jedem von uns einen Löffel aus Holz.

»Wo sind die Teller?«, fragte Wanda naserümpfend.

»Die gibt es nicht. Wir essen alle aus dem Topf.« Bahrim klopfte Klaus mit dem Löffel auf die Hand. »Bleib auf deiner Seite«, meinte er lachend.

»Aber du hast mehr Fleisch als ich«, protestierte Klaus.

»Nichts da! Das scheint nur so!«

Inzwischen waren unsere Kleider trocken. Das war gut so, denn mit der Dunkelheit kam die Kälte.

»Wo übernachten wir?«, wollte Wanda wissen.

»Hier.«

Nachdem Ayoub die Schüssel samt Löffel abgeräumt hatte, reichte er jedem von uns eine Decke.

»Und das Badezimmer? Ich will duschen und die Zähne putzen«, verlangte Wanda und zog einen kleinen Taschenspiegel aus ihrer Tasche.

»Ohne Zahnbürste?« Wir lachten sie aus.

Ich wickelte mich in die Decke, schob ein Kissen unter den Kopf und kuschelte mich an Carlos. Langsam wurde mir warm. Die Sterne leuchteten viel klarer und heller als bei uns, das sah ich noch, dann war ich auch schon eingeschlafen.

Irgendwann wachte ich auf. Jemand schnarchte. Ich legte mich auf den Rücken und tastete nach Carlos.

»Bist du auch wach, Mimi?«, flüsterte er.

»Ja. Ich weiß nicht, was mich geweckt hat.«

»Es ist nichts. Schlaf weiter.« Carlos legte die Arme um mich. Nach kurzer Zeit hörte ich an seinen Atemzügen, dass er wieder eingeschlafen war.

Um ihn nicht zu wecken, drehte ich mich vorsichtig auf die andere Seite. Jemand stand an der Brüstung. Schwarz hob sich die Gestalt gegen den dunklen Nachthimmel ab. Wanda? Es war Wanda.

Ich wartete, aber sie regte sich nicht. Behutsam wickelte ich mich aus meiner Decke und tappte zu ihr.

»Kannst du nicht schlafen?«

»Nein.«

Wir schwiegen.

»Hast du mich wirklich aus dem Wasser gezogen?«, flüsterte Wanda.

»Nein. Herausgezogen haben wir dich gemeinsam. Aber ich war als Erste bei dir und hielt dein Gesicht über Wasser. Und – beatmet habe ich dich auch.«

»Dann – dann habe ich dir wirklich – dann muss ich dir dankbar sein.«

Ich schwieg.

»Du magst Carlos, nicht wahr?«, fragte ich nach einer Weile.

»Ja.«

»Tut mir Leid für dich. Aber du musst verstehen, dass wir mehr als nur Freunde sind.«

»Das sind wir auch. Ich dachte, unsere Freundschaft würde noch enger werden. Aber jetzt bist du gekommen.«

»Aber Carlos hat dir von mir erzählt, oder?«

»Ja. Allerdings dachte ich, dass du … anders bist.«

»So? Wie denn? Wie anders?«

»Ich … ich dachte, du würdest ihm eben nachreisen und vielleicht wärst du ihm lästig. Ich habe nicht gewusst – ich konnte nicht wissen, dass ihr es ernst meint.«

»Nein, das konntest du nicht. Aber nun weißt du es.«

»Ja.«

»Und?«

»Was: und?«

»Wie geht es nun mit dir weiter?«

Wanda legte den Kopf schief und kicherte. »Mit mir? Du bist gut, Kleines. Du bist nur ein paar Tage bei uns. An der Uni sind Carlos und ich immer zusammen.«

53

Ich ballte die Fäuste. »Oh ja«, antwortete ich locker. »Er, du und viele andere Studentinnen. Ganz schön viel Konkurrenz für dich, Wanda.«

Sie warf den Kopf nach hinten. »Für mich – oder für dich?«

»Ich bin konkurrenzlos.«

»Du bist ganz schön selbstbewusst.«

»Aber klar doch.« Ich grinste sie frech an. »Das bin ich. Aber eines bin ich nicht: Ich bin nicht so blöd, dass ich einem Typ hinterherrenne, der 'ne feste Freundin hat.« Ich legte meine Hand auf ihren Arm. »Alles Gute für deine Zukunft!«

Wanda war so verblüfft, dass sie »Danke« sagte.

MONTAG

Muscheln im Sand

✷ ' ✷ ' ✷ ' ✷ ' ✷ ' ✷ ' ✷ ' ✷ ' ✷

Am Morgen weckte uns die Sonne.

Nach einem Frühstück aus Tee, kleinen Pfannku-
chen mit Honig und Mandelmus bedankten wir uns
für die Gastfreundschaft und verabschiedeten uns.
Ich musste unbedingt mit Carlos über Wanda reden,
aber zunächst hatten wir keine Gelegenheit.

Wenige Schritte vom Haus entfernt meinte Wolfi:
»Sagt mal, ist euch auch aufgefallen, dass sich keine
einzige Frau gezeigt hat? Wer hat denn gekocht?«

»Na, die Frauen«, antwortete Bahrim lachend.
»Wer sonst? Nur – sie zeigen sich nicht. Es ist eine
sehr traditionelle Familie. Keine Frau zeigt sich einem
Fremden.«

»Ist das noch überall so?«

»In einer Stadt wie Marrakesch geht ein Mann
schon mal mit seiner Frau und den Töchtern aus.
Aber hier auf dem Land wäre das ganz undenkbar.«

»Das wäre kein Leben für mich«, rief ich.

»Es ist nicht leicht für die Töchter«, bestätigte Bahrim. »Ich könnte dir eine Geschichte erzählen ...
aber du würdest sie niemals verstehen.«

»Erzähl! Bitte!«

»Nein. Später vielleicht, am Tag, an dem ihr ab-
reist. Jetzt wäre es viel zu gefährlich.«

»Für wen?«, fragte ich neugierig.

»Für die Beteiligten«, antwortete Bahrim kurz. Ich sah an seinem Gesichtsausdruck, dass er kein Sterbenswörtchen mehr sagen würde.

Wir hatten die Brücke erreicht und die Waschschüsselmulden.

Auf einmal wollte ich wissen, ob das Moped mit den roten Rosen am Lenker noch unter den Zweigen stand. Es war nicht mehr da.

Aber jemand hatte den Stiel einer Rose um einen Ast gewickelt. Das sah ja vielleicht witzig aus: eine rote Rose im Olivenbaum!

»Wie steht es mit der geologischen Sensation, die du uns versprochen hast? Die gibt's wohl nicht, was?«, wollte Wolfi wissen.

Bahrim lachte geheimnisvoll. »Gedulde dich noch. Es dauert nicht mehr lange, dann wünschst du dir, du hättest einen größeren Rucksack dabei.«

Es war ein herrlicher Tag und längst nicht mehr so drückend heiß wie gestern. Die Kräuter dufteten und jetzt, da wir einen anderen Weg eingeschlagen hatten, wanderten wir zwischen gelb blühenden Ginsterbüschen und blauem Lavendel. Leider konnte ich nichts so richtig genießen; Wanda hatte mir den Tag ziemlich vermiest. Sie wich nicht von unserer Seite, immer wieder wies sie Carlos auf etwas Geologisches hin – klar, da konnte ich nicht mithalten! Das wäre schon ätzend genug gewesen; dass sie ihn aber immer wieder so richtig anhimmelte und dabei mit den Wimpern klimperte, machte mich richtig sauer.

Auf einmal bückte sich Carlos. »Das gibt's doch nicht«, sagte er verblüfft. »Schau doch, Mimi, hier liegt eine versteinerte Muschel. Einfach so auf dem Weg ... und hier! Noch eine! Und noch eine!«

»Was sagst du, Carlos? Du hast ’ne Muschel gesehen? Mein Gott, wie scharf deine Augen sind!« Wanda spielte die Hingerissene. Da machte es bei mir »klick«. O. k., dachte ich, du willst es nicht anders. Alles klar, im Augenblick bist du im Vorteil, aber wer zuletzt lacht ...

Wir alle knieten am Boden und sammelten versteinerte Muscheln in allen Größen und Formen auf: solche mit geriffelten Schalen, solche mit glatten, solche, die aussahen wie kleine Schneckenhäuser.

Manche waren in einem Klumpen zusammengebacken, doch die meisten waren Einzelstücke. Es war unfassbar. Vor lauter Sammeleifer und Begeisterung vergaß ich Wandas Flirt-Taktik und bekam auch Bahrims Erklärung, wie die »geologische Sensation« vor Millionen von Jahren zustande gekommen war, nicht mit.

Ich sammelte und sammelte und hatte bald so viele Muscheln, dass ich schließlich nur die allerschönsten Stücke in meinen Rucksack legte.

Wanda saß neben Carlos auf dem Boden. »Das ist meine allerschönste Muschel«, sagte sie gerade. »Sie ist für dich, Carlos. Zur Erinnerung an – an wunderschöne Tage und –«

»Zur Erinnerung an die Exkursion«, sagte Carlos kurz angebunden. »Vielen Dank.«

»Hast du für mich auch eine allerschönste Muschel?«, fragte Wolfi.

»Für dich? Weshalb sollte ich dir eine geben?« Wanda warf den Zopf zurück und blinzelte Carlos an. »Dafür, dass ich das einzige Mädchen bin, das nicht auf dich abfährt?«

»Das einzige?«, wiederholte ich. »Da kenne ich noch ein zweites!«

Klaus saß am Boden. »Leute, für mich ist das – wie sagen die Reporter immer im Fernsehen? – für mich ist das ein ›Jahrhundertereignis‹!«

Am frühen Nachmittag sahen wir die ersten Häuser von Imouzzer vor uns und ich hatte mich noch immer nicht mit Carlos über das Biest Wanda unterhalten können. Außerdem war der Bus noch nicht fertig, denn das Ersatzteil war erst vor wenigen Minuten eingetroffen.

»Mist! Wisst ihr was? Für meine Rettung spendiere ich allen eine Cola. Einverstanden?« Breitbeinig stand Wanda vor uns und lachte. »Himmel, wie ihr ausseht! 'ne Vogelscheuche wäre beleidigt, wenn man sie mit euch vergleichen würde!«

»Schlaf du mal in feuchten Kleidern!«, beschwerte sich Wolfi. »Was meinst du, wie elegant du aussiehst!«

»Nicht wahr? Danke!« Schwungvoll drehte sich Wanda um und verschwand im Laden. Ich pfiff leise durch die Zähne. Das Mädchen würde nicht aufgeben, so viel stand fest. Die Frage war nur: Liebte sie Carlos? Oder ertrug sie es nicht, wenn sie zufällig mal den Kürzeren zog? Gab es vielleicht noch einen dritten Grund?

Und was war mit Carlos? Spielte er uns aus? Oder war er wirklich so naiv und arglos, wie er tat?

Ich nagte an meiner Unterlippe. Das, nahm ich mir vor, musste noch heute geklärt werden!

Wir ließen uns am Straßenrand nieder und warteten.

»Leute, was machen wir morgen? Wieder 'ne Wanderung? Oder fahren wir nach Marrakesch und stürzen uns ins Großstadtleben?«, fragte Klaus. »Was meinst du, Carlos?«

»Mir ist beides recht. Wie steht's mit dir, Mimi?«

»Marrakesch klingt sehr verlockend.«

»Gut. Bahrim?«

»Ich mache euch einen Vorschlag. Da das Auto erst morgen im Lauf des Vormittags fertig sein wird, nehmen wir noch die Attraktion des Ortes mit, den Wochenmarkt in Imouzzer. Dann fahren wir los, besichtigen unterwegs das Grab eines Heiligen und sind am späten Abend in Marrakesch.«

Ich wandte mich an Wolfi. »Was ist? Du sagst gar nichts.«

»Nee. Weißt du, ich habe gerade einen wunderbaren Traum.«

»So? Darf man wissen, wie der aussieht?«

»Oh ja. Ich träume vom prallen, vollen, farbigen Leben. Ich steh mittendrin. Das Beste daran ist: Er beginnt schon morgen Abend. Geil. Cool. Wenn ich doch vierundzwanzig Stunden älter wäre!«

Wir brüllten vor Lachen. »Träum weiter!«

Wanda kam mit den Cola-Büchsen. Auch sie wollte morgen nach Marrakesch. »Muss ich mich verschleiern oder kann ich so, wie ich bin, durch die Stadt spazieren? Ich meine, bis jetzt waren wir ja nur auf dem Land.«

»Kein Problem«, versicherte Bahrim. »Wenn du dich allein auf die Socken machen willst, bist du in Marrakesch sicherer als in Paris. Ehrenwort.«

Das war also geklärt.

Aber die Sache mit Wanda war es noch nicht. »Hör mal, Carlos«, sagte ich, als wir im Zimmer waren, »was ist mit Wanda los? Sie liebt dich, hat sie zu mir gesagt.«

»Na und? Das ist ihre Angelegenheit. Mich kümmert das nicht.«

Ich seufzte. »Aber mich kümmert's. Warum sagst du ihr nicht, sie soll sich zum Teufel scheren?«

Carlos lachte. »Und dann? Glaubst du im Ernst, das würde ihr etwas ausmachen? Das Gegenteil würde ich damit erreichen.«

»Da bin ich anderer Meinung!«

»Ach Mimi, irgendwann wird sie aufgeben. Hab einfach ein bisschen Geduld.«

»Nein! Merkst du denn nicht, dass du unsere Beziehung aufs Spiel setzt? Wanda ist ein ewiger Störfaktor, sie hat ja nichts zu verlieren, außerdem kennt sie keinen Stolz. Sie himmelt dich an, du findest das toll und badest dich in dem, was du für Bewunderung hältst, sie –«

»O. k.«, unterbrach mich Carlos ungeduldig. »Dann sag mir, was ich tun soll.«

»ICH soll dir sagen, was DU tun sollst?«, rief ich empört. »Das musst du doch wissen! Du musst wissen, wer dir mehr wert ist: sie oder ich.«

»Das solltest du eigentlich wissen, Mimi.«

Ich funkelte ihn an. »Wie, Carlos, würdest du dich verhalten, wenn ich dir sagen würde: Hör mal, Klaus hat sich in mich verliebt.«

»Dann würde ich sagen: Dumm für dich, Klaus. Mimi und ich gehören zusammen.«

»Gut. Dann sagst du morgen zu Wanda: Dumm für dich, Wanda. Mimi und ich gehören zusammen. O. k.?«

»O. k. Hab ich zwar alles schon gesagt, aber wenn du's unbedingt willst, werde ich mich wiederholen. Ich denk dran. Bist du nun zufrieden?«

»Ja ... mal sehen.«

60

DIENSTAG

Markt und Marabout

Am Morgen gingen wir mitsamt unserm Gepäck zum Mechaniker. Der versicherte uns, dass das Auto in ein, zwei Stunden fertig sein und er so lange auf unsere Rucksäcke Acht geben würde. Also schlenderten wir die Dorfstraße entlang, wichen den Eseln und Fußgängern aus und bewunderten die dekorativ auf Tüchern ausgebreiteten Waren. Eimer aus riesigen Lastwagenreifen ausgeschnitten und mit Henkeln versehen hatten es mir besonders angetan.

Unter den Bäumen parkten die Esel, daneben lagerten Frauen auf bunten Decken, tranken Tee, unterhielten sich und achteten auf die Kleinsten. Zum tausendsten Mal verwünschte ich das Fotografierverbot in arabischen Ländern; ich wusste, dass ich mir den größten Ärger einhandeln würde, wenn ich es umgehen wollte. Aber es war verdammt schade: Hier zum Beispiel war ein Auto, voll bepackt bis unters Dach mit Brotfladen. Nur der Fahrersitz war ausgespart worden. Ich seufzte.

Wir gingen durch einen Torbogen, gelangten in eine schmale Gasse und waren endlich im Zentrum des Geschehens. »Na Wolfi, ist das deine Vorstellung von prallem, vollem, tobendem Leben?!«

»Es ist der bescheidene Anfang.« Er zog die Nase kraus. »Nach was riecht es hier?«

»Hm … der Duft von Obst oder Gemüse ist es nicht. Kräuter und Gewürze? Nein … es muss das da sein! Schau doch nur!«

Auf dem Boden ruhten sauber abgetrennte Hammelköpfe, daneben lagen die Beine samt Hufe; den Abschluss bildeten blutige Fleischstücke. Das war kein Anblick für zarte Seelen mit schwachen Nerven.

Wir schlenderten weiter, besahen alten und neuen Schmuck und bunte Kleider. »Sag mal, Carlos, wo sind die Frauen? Bis jetzt habe ich noch keine einzige auf dem ganzen Markt gesehen. Wer kauft die Kleider und den Schmuck? Die Männer?«

»Muss wohl so sein.«

Wir erstanden Orangen und Äpfel für die Fahrt und trafen uns wenig später am Auto.

Wanda setzte sich neben Bahrim auf den Beifahrersitz, Wolfi quetschte sich neben sie und sang: »Wir fahrn jetzt in die Stadt, fallera! Wo es viele Frauen hat, fallera!« Bis es Bahrim zu dumm wurde: »Mensch, Wolfi, du bringst uns noch in größte Schwierigkeiten! Such dir deine Frauen bei dir zu Hause aus, ja?« Er gab Gas und preschte so wütend die Straße entlang, dass wir entsetzt aufjaulten.

Es wurde keine gemütliche Fahrt. Bahrim war sauer auf Wolfi, Wolfi war sauer auf Bahrim, Wanda starrte in sich versunken aus dem Fenster und dann – ja, dann funkte uns das Schicksal dazwischen. Wir befanden uns auf einer ziemlich geraden Straße, sahen deshalb weit voraus und so konnte Bahrim in aller Ruhe abbremsen und sich dem Menschenauflauf gefahrlos nähern. Wir stiegen aus.

Es stellte sich heraus, dass ein Laster einen Jungen auf seinem Fahrrad gerammt und in den Straßengraben geworfen hatte. Der Junge war verletzt, nicht lebensgefährlich, das sahen sogar wir, aber doch so schwer, dass er zum Arzt oder in ein Krankenhaus musste.

Die aufgebrachten Dorfbewohner hatten den Fahrer in Gewahrsam genommen und warteten auf die Polizei. Weit und breit war kein anderes Auto als ausgerechnet das unsere in der Nähe. Die Mutter des Jungen, wehklagend und heftig gestikulierend, fasste Bahrim am Kragen – das Ende vom Lied war, dass wir den Jungen ins Auto legten und Bahrim mit ihm samt so vielen Frauen, wie nur auf die Sitze passten, zum nächsten Medizinmann fahren musste.

Es war exakt fünf Uhr, als er zurückkehrte.

»Leute«, meinte er, »nie und nimmer erreichen wir Marrakesch heute noch. Ich schlage vor, wir fahren bis zum Grab des Heiligen, übernachten im Auto oder im Freien, ganz wie ihr wollt, und fahren morgen weiter. Was soll die Hektik?«

Damit waren wir – bis auf Wolfi natürlich! – einverstanden. Wir erreichten den Marabout, das Grab des Heiligen, kurz vor Sonnenuntergang.

Das war leider ziemlich enttäuschend. Mitten im Nirgendwo stand dieses kleine, grün gekachelte Häuschen, das wir noch nicht mal betreten konnten. Das einzig Gute daran war der Brunnen mit seinem klaren, kühlen Wasser.

»Kannst du uns verraten, warum du ausgerechnet hier hältst?«, beschwerte sich Wolfi.

»Das ist ein heiliger Ort«, erklärte Bahrim ernst. »Merkt ihr das nicht? Die Atmosphäre ist anders;

außerdem geht jeder Traum, den ihr hier träumt, in Erfüllung. Und nicht nur das: Er offenbart euch die Zukunft.«

Na servus, dachte ich, was ist, wenn ich eine furchtbare Zukunft zusammenträume? Das will ich gar nicht. Die anderen dachten anders. Wanda war wie elektrisiert. »Mensch Bahrim, woher wusstest du, dass ich schon immer meine Zukunft erfahren wollte?«, rief sie.

Wir fuhren wenige Kilometer zum nächsten Ort, wo wir in einer Kneipe am Straßenrand Couscous und Eintopf aßen und uns die Zeit mit allerlei dummen Witzen vertrieben.

Dann, als wir müde genug waren, fuhren wir zurück, wuschen uns am Brunnen und klappten die Sitze zu einem großen Lager um, kämpften um die Decken, und als wir schon beinahe eingeschlafen waren, stellte Wolfi fest, dass unsere Schuhe müffelten. »Die müssen raus«, meinte er energisch, öffnete die Tür und ließ alle Treter rausplumpsen.

»Bevor ihr sie morgen früh anzieht, müsst ihr nachsehen, ob sich ein Skorpion darin eingenistet hat«, meinte Bahrim noch, dann war Ruhe.

MITTWOCH

Der Skorpion

In dieser Nacht hatte ich keinen einzigen Traum. Auch Carlos bekam keinen Blick in die Zukunft geliefert, Wanda wollte nichts sagen und die anderen behaupteten ebenfalls, nur geschlafen und nichts geträumt zu haben. »Hab ich mir doch gleich gedacht«, stellte Wolfi fest, öffnete die Tür, sprang ins Freie, breitete die Arme aus und rief: »Marrakesch, ich komme!«

Er setzte sich aufs Trittbrett, angelte seine Schuhe heran und schlüpfte rein.

»He!«, schrie Bahrim. »Pass auf, zuerst musst du –«

Zu spät! Ein markerschütternder Schrei, Wolfi strampelte, schleuderte den Schuh vom Fuß und hüpfte wie ein Irrer auf einem Bein ums Auto.

Im Nu waren wir draußen, sortierten unsere Schuhe, schüttelten sie aus, zogen sie an – und dann kümmerten wir uns um Wolfi.

»Ein Skorpion!«, brüllte er. »Er hat mich gestochen! Das tut weh, ich kann euch gar nicht sagen, wie weh das tut!«

»Lass mal sehen!« Energisch packte ich ihn und drückte ihn aufs Trittbrett. Tatsächlich. Seine große Zehe war rot, sie schwoll bereits an und die Bissstelle war klar zu erkennen.

»Hier ist er!«, rief Wanda. »Schnell! Hat jemand eine Schachtel?«

Carlos zog seine Vesperdose aus dem Rucksack. Geschickt ließ Wanda den Skorpion hineingleiten und machte den Deckel zu. »Und jetzt?«

»Ich sterbe!«, wimmerte Wolfi. »Wie lange habe ich noch zu leben, Bahrim?«

»Es ist ein ganz, ganz kleiner Skorpion, Wolfi, du wirst an seinem Stich nicht sterben!«

»Das sagst du nur so! Du sagst das, um mich zu beruhigen! Ich will zu einem Arzt, ich sag dir, fahr mich bloß zu einem Arzt! Und überhaupt: Wieso war das Tier ausgerechnet in meinem Schuh?«

»Woher sollen wir das wissen? Sei vernünftig, Wolfi. Beruhige dich. Wenn Bahrim sagt, der Biss ist ungefährlich, dann hat er Recht«, meinte Carlos. »Es tut bestimmt weh, aber in ein paar Stunden bist du wieder so fit wie immer.«

»So?« Wolfi schaute Carlos misstrauisch an. »Ausgerechnet du sagst das? Hast du mir vielleicht den Skorpion in den Schuh getan? Hast du ihn seit gestern in deiner Vesperdose gehabt? Hast du ihn auf der Wanderung gefangen, da, als Mimi sagte, du würdest dir die Schuhe binden? Hast du seitdem auf eine günstige Gelegenheit gewartet, ihn mir in den Schuh zu stecken? Gib's zu, du warst das, Carlos.«

»Halt die Klappe, Wolfi«, sagte Klaus scharf. »Du spinnst. Warum sollte ein Mensch etwas so Blödes tun?«

»Warum? Woher soll ich das wissen? Fragt ihn doch, ihn oder seine Mimi.«

»Das reicht!« Carlos drückte ihn wieder aufs Trittbrett. Ich hatte mein Kopftuch nass gemacht und

66

wollte es um Wolfis Zeh legen, vielleicht würde das kalte Wasser den Schmerz etwas dämpfen.

»Mein Vater«, meinte Klaus plötzlich, »mein Vater würde sagen: Sei ein Mann. Ertrag den Schmerz.«

»Ihr habt gut reden, du und dein Vater! Ihr wisst ja gar nicht, wie weh das tut! Ich muss zum Arzt, ehrlich, ich muss sofort zum Arzt!«

»Du hältst es aus, bis wir in Marrakesch sind«, sagte Bahrim. »Los! Steigt ein! Wir fahren!«

Hotel Ayour

★ ′ ★ ′ ★ ′ ★ ′ ★ ′ ★ ′

Bahrim fuhr. Er fuhr so schnell, dass wir mehr als einmal entsetzt aufschrien. Aber er schaffte es in Rekordzeit nach Marrakesch. Wir wussten, dass er Zimmer im »Ayour« besorgt hatte. Das Hotel gehörte einem Onkel von Bilal – die meisten Geschäfte werden über Verwandte getätigt –, es sollte mitten in der Altstadt liegen, sodass wir die Stadt bequem zu Fuß würden erkunden können.

Immer wieder befeuchteten wir das Tuch mit Wasser aus der Flasche, der Zeh schwoll nicht weiter an, und außer dass er schmerzte, schien Wolfi keine weiteren Beschwerden zu haben.

Trotzdem waren wir heilfroh, als Bahrim nach einer atemberaubenden Fahrt durch finstere verwinkelte Gässchen, die oft nur wenige Zentimeter breiter waren als unser Kleinbus, vor einem völlig unscheinbaren Gebäude anhielt.

So 'ne Absteige, dachte ich enttäuscht. Aber klar, wir alle haben kaum Geld, also was soll's, wir sind ja zum Erkunden und Erleben hier und nicht, um in Luxus zu schwelgen ...

Noch nie lag ich mit meiner ersten Einschätzung so daneben. Doch zunächst rief Bahrim mit ungeheurer Erleichterung in der Stimme »Hassan!« und umarmte den Mann, der in seinem langen weißen Hemd dem alten Mann in der Kasbah zum Verwechseln ähnlich sah.

Der begrüßte uns wortreich, aber Bahrim unterbrach ihn, wickelte das Tuch von Wolfis Zeh und erklärte, was passiert war.

»Tztztz«, machte Hassan mitleidig, winkte einen kleinen Jungen herbei und schickte ihn fort einen Arzt zu holen.

Wolfi wankte, links von Bahrim und rechts von Klaus gestützt, durchs Tor.

Carlos war noch immer wütend auf Wolfi und nicht bereit mit ihm auch nur ein einziges Wort zu wechseln. Wir holten unsere Rucksäcke und die Taschen aus dem Bus, warteten, bis auch Wanda ihr Gepäck zusammenhatte, folgten Hassan – und dann standen wir im Hof eines Märchens aus Tausendundeiner Nacht.

Der Boden war mit braun-weißen Fliesen in einem geometrischen Muster gekachelt, die Wände des Gebäudes waren rot, die Türöffnungen orientalisch geschwungen und weiß getüncht, zwischen unzähligen Pflanzen in Kübeln hingen bunte Hängelampen, ein Springbrunnen plätscherte träge, alte Bäume spendeten Schatten, ich wagte kaum zu atmen, folgte Carlos in unser Zimmer, das winzig war – aber auch hier ging der Traum aus Tausendundeiner Nacht weiter.

Eine breite Matratze lag auf einem gemauerten Podest, die winzigen Fensteröffnungen waren mit Teppichen verhängt, ein schmaler, bogenförmiger Durchgang führte ins kleine blau-grüne Bad und überall hingen und standen marokkanische Lampen aus durchbrochenem Metall und farbigem Glas.

»Carlos! Ich träume!« Wir lachten, umarmten uns, warfen uns aufs Bett und vergaßen die ganze hässliche Wolfi-und-sein-Skorpion-Geschichte – bis jemand an unsere Tür hämmerte.

»Wo bleibt ihr denn? Warum kommt ihr nicht?«

»Bahrim? Wir kommen!«

Als wir nach unten gingen, entdeckten wir den Innenhof. Um einen palmengesäumten, blau gekachelten Pool standen weiße Tischchen und Stühle. Wanda winkte uns. »Wo ist Wolfi?«, fragte ich.

»Er wird gleich hier sein. Der Arzt hat sich den Stich angeschaut und ihn für ungefährlich erklärt. Außerdem ist Wolfi so fit, dass ihm weder Kreislauf- noch Herzbeschwerden drohen. Das einzig Dumme ist, dass er ein, zwei Tage kaum wird gehen können, denn der Zeh ist noch ziemlich geschwollen. Na ja, alles in allem waren die letzten beiden Tage ziemlich aufregend, was?«

»Das kann man sagen. Wir haben einiges erlebt. Hey, wer ist denn das? Ich meine, ich bin nicht Wolfi, aber das Mädchen sieht verdammt gut aus ...«

»Das ist meine Cousine Imane.« Bahrim stand auf und winkte dem Mädchen. »Komm! Hier sind wir!«

Das Mädchen hob die Hand. Als es näher kam, gab ich Klaus Recht: Es sah verdammt gut aus. Groß, schlank, lange braune Haare, ovales Gesicht, Mandelaugen, ein super Mund – und braun! So richtig edel braun. Die Sonne bei uns schafft dieses Braun einfach nicht ...

Ich seufzte. Klar, so wollte ich auch aussehen. Ich sehe aber nicht so aus. Ich habe blöde krause langweilige Haare, ich bin nicht besonders groß – ich

70

bin einfach Durchschnitt. Ordentlicher Durchschnitt, zugegeben. Aber da man im Leben nicht alles haben kann, bin ich meistens sehr zufrieden mit
mir, mit Carlos, damit, dass ich einmal die berühmteste Reisejournalistin aller Zeiten sein will und
mich bereits auf dem Weg dazu befinde.

»Hallo, Imane«, sagte ich und streckte meine
Hand aus. »Ich bin Mimi.«

»Oh! Du bist das tolle Mädchen, das schon die
halbe Welt gesehen hat, für Zeitungen schreibt und
Leben retten kann? Du bist so selbstständig. Ich be-
wundere dich. Bahrim hat mir viel von dir erzählt.«

Ich blinzelte ungläubig. Nahm mich diese Imane
auf den Arm? Wollte sie sich aus einem Grund, den
ich nicht kannte, bei mir einschmeicheln? Sie
musste meine Gedanken gelesen haben. »Ich meine
es ehrlich«, bestätigte sie lachend. »Ich hoffe, wir
haben viel Zeit, um uns unterhalten zu können. Du
führst nämlich ein Leben, wie ich es mir erträume.«

Carlos räusperte sich. »Und das Beste an ihr ist –
für sie ist alles, was sie kann oder erreicht, völlig
selbstverständlich. Ich muss das wissen, wir beide
sind nämlich befreundet.«

»Schmeichler«, sagte ich verlegen.

Nachdem Imane alle begrüßt hatte, sagte Bahrim:
»Ich hoffe, ihr seid damit einverstanden, dass Imane
uns begleitet. Sie kennt sich in der Stadt gut aus und
außerdem –« Er schaute sie aufmunternd an.

»Außerdem habe ich ihn gebeten euch begleiten
zu dürfen. Es ist die erste Gelegenheit für mich, mit
fremden Leuten, die so alt sind wie ich, zusammen
zu sein. Mein Vater hat es mir erlaubt, weil Bahrim
immer bei mir sein wird. Versteht ihr? Mein Vater
ist sehr fortschrittlich. Ich gehe nämlich noch zur

Schule, ich will später studieren, aber ... aber ... aber ganz sicher ist es nicht.«

»Das interessiert meine Freunde nicht«, unterbrach Bahrim sie sichtlich verlegen.

»Doch, das interessiert uns«, widersprach ich. »Aber natürlich können wir uns später darüber unterhalten. Was haben wir jetzt eigentlich vor?«

»Jetzt warten wir auf Wolfi«, sagte Klaus. »Auch wenn er sich blöd benommen hat, ist er einer von uns.«

Carlos knurrte und schaute Klaus finster an. »Doch, das meine ich«, beharrte Klaus.

»Wenn ich nicht zum Marabout gefahren wäre –«, begann Bahrim.

»Klar, dann wäre er wahrscheinlich nicht von einem Skorpion gestochen worden. Aber du hast uns noch am Abend vor dem Einschlafen gewarnt – und überhaupt: So benimmt man sich nicht. Mich zu beschuldigen, ich hätte den Skorpion gefangen und ihm in den Schuh geschmuggelt! So was Abartiges aber auch!«

Noch nie hatte ich Carlos dermaßen erbost gesehen und nun – nun kam der Abartige auch noch angehumpelt!

Carlos sprang auf und wollte um die Ecke rennen. Aber er hatte die Rechnung weder mit Klaus noch mit mir gemacht. Wir sprangen auf und hielten ihn fest. »Du bleibst hier«, rief Klaus.

»Mit dem Kerl bin ich fertig!«, schäumte Carlos.

Wolfi hatte wie gebannt auf Carlos geblickt. Jetzt fiel sein Blick auf Imane – er stutzte, schaute fragend von einem zum anderen, dann ging er mit ausgestreckter Hand auf Carlos zu und – entschuldigte sich.

»Tut mir Leid«, murmelte er zerknirscht. »Hab keine Ahnung, was ich gesagt hab. Muss was verdammt Blödes gewesen sein, wenn du so sauer auf mich bist. Aber ehrlich, Carlos, das Skorpiongift muss meinen Geist verwirrt haben. Ich kann mich an nichts mehr erinnern. Entschuldige bitte. Bitte!«

Carlos schüttelte fassungslos den Kopf. Jeder von uns wusste, dass Wolfi das Blaue vom Himmel herunterlog. Aber was hätte Carlos machen können? Ihm blieb nichts übrig – er musste Wolfis Entschuldigung akzeptieren.

»O. k.«, knirschte Carlos.

Klaus klopfte ihm auf die Schultern. »Bist doch ein klasse Kumpel.«

Carlos fuhr sich durch die Haare und warf sich auf den Stuhl.

»Gut«, sagte ich munter. »Gut, dass du mit dem Schrecken davongekommen bist, Wolfi. Was sagte denn der Arzt? Wann kannst du wieder gehen?«

»Och, wahrscheinlich schon übermorgen. Übrigens – ich bin Wolfi.«

Imane nickte. »Das habe ich mir gedacht.«

Wolfi zog einen Stuhl an ihre Seite. Bahrim runzelte die Stirn. »Hör zu, Wolfi, Imane ist meine Cousine. Klar?«

»Wie schön für dich so eine tolle Cousine zu haben!«

Imane stand auf. »Ist es recht, wenn ich morgen früh gegen zehn Uhr wiederkomme?« Sie nickte uns zu, ging rasch um die Ecke und war verschwunden.

»Warum ist sie nicht geblieben?«, wollte Wolfi sofort wissen.

»Ich sag dir eines, mein Freund«, sagte Bahrim

leise, erhob sich langsam und schaute Wolfi drohend an. »Du lässt die Finger von ihr, klar? Benimmst du dich nur einmal daneben, musst du mit Folgen rechnen. Ich sag dir das jetzt in aller Freundschaft. Und ich sage dir, dass ich das sehr ernst meine. Verdammt ernst sogar. Kapiert?«

»Alles klar«, antwortete Wolfi erstaunt. »Brauchst dich nicht so uncool zu geben.«

»Das überlässt du mir, ja?«

Wow, das hatte gesessen!

Platz der Gaukler

Zu Hause hatte ich gelesen, dass Marrakesch schon seit fast tausend Jahren als eine der exotischsten Städte der Welt gerühmt wird, dass sich hier die Händler aus Europa und Afrika trafen, um ihre Geschäfte mit Gold, Gewürzen, mit Elfenbein und Stoffen abzuwickeln, und dass der Platz der Gaukler der schönste Platz Marokkos sei.

Da standen wir nun, Carlos hatte den Arm um mich gelegt und atemlos vor Staunen stellten wir fest: Hier ging wirklich was ab!

Da hockte ein Mann am Boden, einen langen bunten Schal um den Hals geschlungen, und zu seinen Füßen ringelte sich eine Kobra aus dem Korb.

Wenige Schritte weiter bot ein anderer alle Arten von Medizin an: Kräuter, Wurzeln, Rindenstückchen, Öle aller Farben und was nicht noch. Das Tolle an seinem Angebot war aber der Kopf und Körper eines Menschen, aus Gips geformt und mit aufgeklapptem Bauch, sodass man alle Innereien sehen konnte. Daneben lag ein langer Stock. Damit zeigte der Kunde am Modell, wo es wehtat und an welcher Stelle die Medizin wirken musste.

Zwei abenteuerlich gekleidete Männer mit Rätschen wirbelten wie die berühmten Derwische zwischen den ausgestellten Waren herum, sie ließen die Köpfe kreisen, und wenn man nicht aufpasste, streiften ihre Kappen mit den ellenlangen Zipfeln das Gesicht oder den nackten Arm.

Ein anderer Händler verkaufte Ketten mit riesigen Bernsteinkugeln, Korallenstücken und Silberperlen, es gab Schmuck aus Ebenholz und Elfenbein, aus Silberplättchen, Muscheln und unbekannten Samen, Kernen und Nüssen.

Es gab Stoffe aus Damast, Samt und Baumwolle und dann entdeckten wir einen Händler, der Seidenschleier in allen Regenbogenfarben anbot.

Längst hatten wir die anderen aus den Augen verloren.

Carlos feilschte mit Händen und Füßen um eine ungewöhnliche Versteinerung, ich ließ die hauchdünne Seide durch die Finger gleiten und konnte mich für keine Farbe entscheiden: Am liebsten hätte ich alle gekauft.

»Da seid ihr ja!«, rief Bahrim.

»Was ist?«

»Wir sitzen schon seit Stunden im Café und warten auf euch!«

»Wir kommen.«

Carlos konnte besser handeln als ich und betrachtete glücklich seine Versteinerung. »Ich zahle nur die Hälfte von dem, was er für den Schleier will«, sagte ich, verschränkte die Arme vor der Brust und folgte Bahrim.

Da kam der Händler aber in Fahrt! Er rannte mir nach, gestikulierte wild, widerwillig ging ich mit ihm zurück und erstand den Schleier in dunklem Rosa um weniger als die Hälfte.

Ich war sehr stolz auf mich – bis Bahrim fragte:

»Was hast du dafür bezahlt? Was? So viel? Der Händler hat dich gehörig übers Ohr gehauen!«

Im ersten Stock eines Gebäudes am Rand des Platzes befand sich das Café. Die anderen hatten ganz vorn Plätze ergattert und winkten uns begeistert. »Wie im Theater!«, sagte Wanda hingerissen. »Man sieht alles von hier oben!«

Wir bestellten Cola. Es dämmerte. Die Händler packten ihre Waren zusammen, andere kamen, stellten Tische und Bänke auf, warfen ihren Grill an oder entfachten ein Kohlefeuer und im Nu war aus dem Bazar ein riesiges Restaurant im Freien geworden.

»Das muss ich sehen! Ich muss runter! Carlos, kommst du?«

Wir machten noch schnell aus, dass wir uns um elf im »Ayour« treffen würden, dann stürzten wir uns wieder ins Gewühl. »Was sollen wir essen? Und wie? Marokkanisch? Afrikanisch? Persisch? Italienisch? Es gibt alles – außer Würstchen mit Senf!«

Wir lachten und einigten uns auf Fleischspieße mit scharfer Sauce.

Gesättigt schlenderten wir weiter und trafen auf eine Gruppe, die im Kreis stand und rasch größer wurde. Neugierig stellten wir uns dazu. Ein Gaukler machte Faxen, ging auf den Händen, jonglierte mit drei, vier, fünf und sechs Bällen und war so gut, dass wir immer wieder Beifall klatschten.

Es war ein junger Mann und er kam mir bekannt vor. »Mehdi ... das ist Mehdi, Carlos!«, rief ich. »Hallo, Mchdi, kennst du uns noch?«

Er ließ den letzten seiner Bälle in die ausgestreckte Hand fallen und trat zu uns. »Natürlich kenne ich euch noch! Ich habe euch gleich gesehen. Schön, dass ihr da seid!«

Ein kleiner Junge ging mit einer Mütze von einem zum anderen. Münzen klimperten und Mehdi sagte: »Ich muss weitermachen. Das ist mein Job. Bis morgen, ja?«

Kurz vor elf eilten wir ins »Ayour«. Wenn der Platz der Gaukler schon direkt aus einem Märchen von Tausendundeiner Nacht entsprungen schien, so trafen wir hier auf eine weitere Szene: Überm blauen Pool spannte sich ein vielfach geschwungener, türkis gekachelter Bogen. Von seiner Mitte hing ein großer, blau schimmernder Stern, eine Lampe, die Wasser, Palmen und Sträucher geheimnisvoll beleuchtete.

Ich brachte meinen rosa Seidenschal nach oben, wusch die Hände und eilte aus dem Zimmer. Als ich die Treppe zur Hälfte hinuntergerannt war, hörte ich Stimmen. Das war Carlos! Was hatte er gerade gesagt? Ich blieb stehen, beugte mich übers Geländer und horchte.

»Aber Carlos«, hörte ich Wandas Stimme. »Sie ist doch viel zu jung für dich. Sie geht ja noch zur Schule! Worüber unterhältst du dich mit ihr? Über Klassenarbeiten, Ärger mit Lehrern und Mädchenstreitereien? Ich bitte dich! Von Geologie hat sie keine Ahnung. Was meinst du, wie schnell du dich mit ihr langweilen wirst!«

»Da liegst du völlig falsch, Wanda«, entgegnete Carlos.

»So? Carlos, ich liebe dich! Bedeutet dir das nichts?«

»Ehrlich gesagt, Wanda –«

»Ich würde alles für dich tun!«, schluchzte sie. Na so was aber auch!, dachte ich empört. Das reicht! Ich rannte die letzten Stufen nach unten.

»He, Wanda, hast auf den Tränenknopf gedrückt?

Machst 'ne geballte Anstrengung, Carlos endlich rumzukriegen? Kannst es wohl nicht ertragen, dass keiner was von dir wissen will, Klaus nicht, Wolfi nicht, Bahrim nicht – und Carlos hast du auch noch nicht geschafft. Woran das wohl liegt?«

»Carlos, die Kleine hat gelauscht!«, rief Wanda wütend. Keine Spur mehr von Tränen oder Herzeleid. So ein Biest! Ich drehte mich um und rannte treppauf. Carlos folgte langsam und machte die Tür zu.

»So!«, fuhr ich ihn an. »Wie geht es jetzt weiter? Soll ich so tun, als hätte ich nichts gehört?«

Er hob hilflos die Schultern.

»Wenn du meinst, ich würd um dich kämpfen, hast du dich geirrt.«

In Windeseile zog ich die Kleider aus und vergrub mich im Bett. Er setzte sich auf die Kante. »Mimi ...«

»Spar dir die Worte. Mir reicht's. Geh zum Teufel!«

Es wurde eine fürchterliche Nacht. Natürlich konnte ich nicht schlafen. Ich überlegte hin und her, was ich tun könnte. Im Augenblick herzlich wenig, darüber war ich mir im Klaren. Würde ich morgen die beleidigte Leberwurst spielen, wäre es das Eingeständnis meiner Niederlage. Würde ich so tun, als wäre alles paletti, würde Wanda als glorreiche Siegerin auftreten. Na toll, dachte ich, Mimi, jetzt sitzt du echt in der Tinte. Und Carlos? Na, wenn der schon nach zwei Wochen Trennung wankelmütig wurde, konnte ich ihn in den Wind schießen. Eigentlich gut, dass ich jetzt schon erkannte, was für ein mieses Würstchen er war. So gesehen, dachte ich und verzog das Gesicht, so gesehen hatte ich die Tage nicht völlig in den Sand gesetzt.

DONNERSTAG

Die Stumme

* ‘ * ‘ * ‘ * ‘ * ‘ * ‘

Am Morgen war ich wie gerädert. Stumm ging ich ins Bad, stumm zog ich mich an, stumm packte ich meine Tasche und wollte aus dem Zimmer gehen, als Carlos mich am Arm zurückhielt.

»Mimi! Ich kann nichts dafür, dass Wanda ... dass Wanda so ist, wie sie ist.«

»Ach nee!«, fauchte ich. »Was bist du eigentlich? Das Unschuldslamm oder der lachende Dritte? Auf eurer Exkursion hat es dir doch gefallen, dass sie dich angehimmelt hat, oder? Und jetzt wunderst du dich, dass sie so ist wie in der Zeit, als ich noch nicht hier war. Alles klar! Mit dir bin ich fertig!«

Wutschnaubend knallte ich die Tür hinter mir zu.

Imane war bereits da. »Meine beste Freundin möchte euch auch kennen lernen«, sagte sie. »Ihr kennt schon ihren Vater und ihre Brüder, Bilal und Ayoub. Malika entwirft Kleider und näht sie auch und ihre Werkstatt ist in einem Fondouk.«

»Sie näht Kleider? Das interessiert mich eigentlich nicht so sehr«, meinte Klaus.

»Die Kleider wollen wir euch auch nicht zeigen, sondern den Fondouk.«

»Was, bitte schön, ist ein Fondouk?«

80

»Oh!« Imane lehnte sich eifrig vor. »Vor vierzig, fünfzig Jahren wärt ihr auf Kamelen dorthin geritten. Ein Fondouk ist nämlich eine ehemalige Karawanserei, ein Handelshaus und eine Herberge für Kamele und Händler. Lasst euch überraschen, das gehört zu Marrakesch wie Palmen zur Oase!«

»Na dann ...«, meinte Klaus skeptisch. »Auf geht's! Zuerst zu eurem Fondouk, dann in die Altstadt mit den Souks, o. k.?«

»Alles in Ordnung mit euch beiden?«, fragte Klaus, als wir loszogen.

»Überhaupt nicht«, knurrte ich.

»Schade«, sagte Klaus leise und griff nach meiner Hand. »Kann ich dir helfen?«

Ich schüttelte den Kopf. »Nein. Jetzt nicht. Später vielleicht. Keine Ahnung.«

Wanda war Herz und Seele unserer Gruppe. Sie schäkerte mit Wolfi, sie hängte sich an Imanes Arm, sie wollte dies und das und noch tausend andere Sachen von Bahrim wissen – und zu Carlos war sie einfach flirty. Na ja, dachte ich, warum auch nicht? Viel Glück und alles Gute: Die letzten drei Tage werde ich überstehen. Fast hätte ich mein Ziel, die beste Reiseschriftstellerin aller Zeiten zu werden, aus den Augen verloren. Gut, dass ich den Fehler noch rechtzeitig bemerkt hatte. Ich straffte die Schultern, zog den Fotoapparat aus der Tasche und knipste auf Teufel komm raus. Keine Menschen, klar, davon abgesehen aber alles, was mir interessant schien.

Alleine hätte ich den Weg zum Fondouk bestimmt nicht gefunden. Die engen Gässchen waren verwirrend und die hohen Häuser standen so dicht beieinander, dass ich schon nach wenigen Minuten jedes Gefühl für links, rechts oder geradeaus verloren hatte, obwohl ich mir den Weg einprägen wollte.

»Hier!« Imane legte ihre Hand an ein Tor. »Jeden Abend wird es mehrfach verriegelt, damit die Waren in Sicherheit sind und die Bewohner ruhig schlafen können.«

Jetzt drückte sie die riesige Klinke herunter, die Flügel öffneten sich quietschend – wir traten in den Hof und platzten wieder in eine Szene aus Tausendundeiner Nacht.

Erstaunt sah ich mich um, dann zog ich mein Notizbuch aus der Tasche und schrieb: Ein Fondouk ist eine Karawanserei, ein hohes, viereckiges, um einen Innenhof errichtetes Gebäude. Die Wände sind lehmbraun, im Erdgeschoss befinden sich die Ställe für die Kamele und die Lagerhallen. Im ersten Stock zieht sich ein Balkon um alle vier Seiten herum, Kletterpflanzen wachsen von unten herauf und umranken das Geländer. Überall hängt Wäsche oder ein Kleidungsstück. Die oberen Stockwerke sind schmucklos, von ihnen sieht man nur die Fenster.

Im Hof steht ein Esel, an einem runden Tisch sitzt ein alter Mann und –«

»Wie gesagt«, erklärte Imane jetzt, »Fondouks waren und sind eine Welt für sich. Heute haben hier Künstler ihre Ateliers und Wohnräume.«

Ein Mädchen in einem weiten schwingenden Gewand, einen rosa Seidenschal um den Kopf geschlungen, so einen, wie ich ihn auch gekauft hatte, trat zu uns. »Das ist meine Freundin Malika.«

Sie war etwas kleiner und zierlicher als Imane, sie hatte noch größere Augen und einen herzförmigen

82

Mund. Sie war das schönste Mädchen, das ich je gesehen hatte.

Verlegen standen wir da, bis sie sagte: »Ihr wollt mein Atelier sehen? Ach –«, Malika wurde rot, knallrot, blutrot.

Wir drehten uns um. Durchs Tor kam gerade ein Mädchen in einem sandfarbenen, formlosen Umhang mit rostfarbenen Kanten. Kopf und Gesicht waren tief verschleiert, man sah weder Nase noch Mund, sondern nur die schwarz umrandeten Augen. In seiner Hand baumelte ein Beutel mit Orangen.

»Das ist – eine Freundin«, erklärte Malika stockend.

Ich kniff die Augen zusammen. Der Schal, den das Mädchen um den Kopf gewickelt hatte, war in demselben Rostrot wie die Bordüren des Umhangs und hatte ein auffallendes Muster aus lustig herumhüpfenden Äffchen.

Es reichte uns wortlos die Hand, dabei fiel ihm der Beutel mit den Orangen aus der Hand, das Mädchen bückte sich, ich bückte mich, gleichzeitig griffen wir nach den Früchten. Ich stutzte. Irgendetwas an der Hand war mir aufgefallen. Oder war es an einem Finger? Na ja, dachte ich, wahrscheinlich täusche ich mich. Das kann schon mal vorkommen.

»Wir wollen nicht länger stören«, sagte Imane schnell. »Wir kommen morgen wieder, ja?«

Wieder stutzte ich. Imanes Verhalten war komisch, aber den anderen schien nichts aufgefallen zu sein. Nachher werde ich Carlos fragen, nahm ich mir vor.

Noch immer hatte das fremde Mädchen kein Sterbenswörtchen gesagt, Malika blickte verlegen zu Boden, nur Imane brach in totale Hektik aus: »Jetzt zeige ich euch den Souk und den Händler, bei dem man den besten Khol Marokkos kaufen kann.«

»Khol?«, wiederholte Carlos verständnislos.

Imane zeigte auf ihre Augen. »Das ist die schwarze Farbe. Wir malen sie um die Augen, um sie vor Sand und Krankheiten zu schützen und um sie größer und schöner aussehen zu lassen.«

»Super«, meinte Wanda erfreut. »Khol werde ich auch kaufen.«

Wir sagten »Tschüs!« und »Bis morgen!«.

Am Tor drehte ich mich noch einmal um. Bahrim gab dem stummen Mädchen ein Zeichen – und das hob die Faust. Der Daumen zeigte nach oben: Es war das Zeichen für o. k. Aber bedeutete das Zeichen hier dasselbe wie bei uns? Verwirrt schüttelte ich den Kopf.

Der Souk – das ist ein Labyrinth aus aberhundert dunklen Gässchen. In jedem von ihnen wird eine andere Sorte Ware angeboten: Es gibt eine Gasse nur mit Töpferwaren, nur mit Teppichen, nur mit Lampen, nur mit Lederwaren und so fort. Man sieht nur Männer in ihren langen Gewändern, den Dschellabas, viele Kinder – aber keine Frauen. Alles ist verwirrend, atemberaubend, rätselhaft. Biegt man um die eine Ecke, findet man sich in einer Sackgasse. Biegt man um die andere, werden Dosen und Schachteln aus Holz angeboten, um die nächste, wieder nur Holzwaren, um die übernächste, nur Stoffe. Allein, da war ich mir sicher, hätten wir uns hoffnungslos verirrt.

Unter Imanes und Bahrims Führung schlenderten wir, immer wieder stehen bleibend und staunend, zum Händler des berühmten Khols.

Die Gasse war uneben, staubig und sehr dunkel. Ein winziges Geschäft reihte sich ans andere, ich war mir sicher: den »berühmten« Laden hätten wir nie entdeckt. Vom Boden bis zur Decke waren die Regale voll gestopft mit unendlich vielen Flaschen, Tiegeln, Tüten, Schachteln und Dosen. Säcke mit zurückgerolltem Rand waren mit Puder in allen Schattierungen von Gelb bis Zinnoberrot gefüllt, Netze hingen von der Decke und gleich neben dem Eingang türmten sich jede Menge Schüsseln aus Plastik. Darin lagen kleine vasenförmige Behälter aus Holz. Aus dem Deckel ragte ein Stäbchen. »Khol!«, sagte Imane.

Ungläubig nahm ich ein gedrechseltes Väschen in die Hand und zog den Verschluss heraus. Es war leer.

»Na hör mal! Das stimmt doch nicht!«

»Hier, das musst du reintun«, sagte Imane eifrig und reichte mir ein winziges Döschen aus Glas. Darin befand sich ein staubfeines, schwarzes, leicht glitzerndes Pulver. »Khol!«, wiederholte Imane und zeigte, was damit zu machen war:

Sie füllte etwas von dem Pulver in das Holzväschen, spuckte drauf, rührte mit dem Verschlussende Pulver und Spucke zu einem Brei und umrandete damit Carlos' Augen. »So geht das«, sagte sie stolz.

»Also ehrlich!«, rief ich. »Wir machen das mit einem Eyeliner!«

»Ja?«, fragte Imane neugierig. »Hast du einen dabei?«

»Na klar, er ist im Hotel.«

»Zeigst du mir den Eyeliner? Und hilft die Farbe auch gegen Krankheiten und Staub?«

»Glaube ich nicht«, meinte Wanda. »Sag mal, ist

85

das etwa Rouge?« Ein Tonschüsselchen, das von Größe und Form perfekt in die hohle Hand passte, war innen mit leuchtend roter Farbe überzogen.

Imane leckte die Spitze ihres Zeigefingers ab und tupfte etwas Farbe auf ihren Handrücken.

»Hey, lass mich mal, ja?« Wanda machte ihren Zeigefinger nass und malte Carlos rote Backen.

»Tatsächlich! Das ist Rouge! Jetzt fehlt dir nur noch der Lippenstift, Carlos«, neckte ihn Klaus.

»Lippenstift?« Wanda tupfte ihm das Rot auch auf die Lippen. »Ist die Farbe kussecht? Lass mal sehen!« Sie gab Carlos einen richtig dicken, fetten Kuss.

Die anderen johlten – aber ich fand Wandas Schmink- und Kussschauspiel überhaupt nicht lustig. Carlos hatte ich abgeschrieben, aber trotzdem schwor ich mir: Das Biest wird mich kennen lernen! Bei der erstbesten Gelegenheit werde ich mich rächen!

»Jetzt gehen wir aber los!« Klaus fasste Carlos unter. »Wenn ich schon mal eine so tolle männliche Freundin habe, sollen das die anderen doch auch sehen!«

Der Händler hatte uns mit größtem Vergnügen zugesehen und verkaufte Wanda Khol und Rouge.

Wir waren schon zwei, drei Geschäfte weitergegangen, als mir etwas einfiel. »Ich muss zurück«, sagte ich eilig. »Khol und Rouge sind genau die richtigen Mitbringsel für meine Schwester Nicki! Die kommt in ein paar Wochen aus Hongkong zurück und freut sich, wenn ich ihr etwas aus Marokko mitbringe.«

Imane nickte. »Wir gehen langsam weiter.«

»Soll ich dich begleiten?«, fragte Carlos.

»Nicht nötig.«

Im Nu hatte ich die beiden Gegenstände ausgesucht und bezahlt. Der Händler ließ es sich nicht nehmen, sie in Tüten zu stecken, ich bedankte mich, drehte mich um – und traute meinen Augen nicht. Aus einer Gasse kam Malikas stumme Freundin. Sie war es wirklich, kein Zweifel, die sandfarbene Dschellaba mit der rostroten Bordüre, vor allem aber der Schal mit dem Affenmuster waren unverwechselbar. Schnell huschte ich in den nächsten Laden, versteckte mich hinter einem Stapel mit Korbwaren und linste zwischen einem Spalt hindurch. Bestimmt hatten tausend Augen mein Manöver beobachtet, aber was machte das schon aus! Die stumme Freundin war zu rätselhaft, als dass ich nicht hinter ihr Geheimnis kommen wollte. Und hatte ich nicht schon immer einen Riecher für Verbotenes gehabt? In Hongkong waren wir dem anonymen Mailschreiber auf die Spur gekommen, in Chile einem Raubgräber. Und in Marrakesch?

Ich hielt den Atem an und stöhnte leise: Die stumme Freundin hatte leider überhaupt nichts zu verbergen, im Gegenteil, sie tat nichts anderes als wir auch – sorgfältig wählte sie Rouge und Khol aus, bezahlte – und das war's dann auch schon.

Na ja, dachte ich enttäuscht und beeilte mich, um die anderen einzuholen, es wäre ja ein zu großer Zufall, wenn ich hier schon wieder Detektiv spielen müsste!

Kurz darauf kamen wir an den Färbern vorbei, die quer über die Gasse von Dach zu Dach dünne Stämmchen gelegt hatten, über denen die Wollbündel trockneten – eine Reihe Gelb, eine Reihe Blau, eine Reihe Rot –, die Farben hoben sich prächtig gegen den strahlenden Himmel ab.

Wir bogen in eine andere Gasse ein und trafen in dieser mittelalterlichen Umgebung auf ein Schild: CYBER INTERNET.

Ich pfiff leise durch die Zähne. Nicht schlecht, dachte ich und schaute sofort nach den Öffnungszeiten, die am Eingang angepinnt waren. »He, was ist denn das?«, fragte ich halblaut. »Eine Rose. Aus Plastik. Na, so was!« Dann lachte ich. Direkt neben dem Internet-Café war eine Bude, in der jede Menge Plastikblumen verkauft wurden.

»Willst du ins Café?«, fragte Imane.

»Ja.« Schon tappte ich die dunkle Treppe hoch. Oben traf ich auf den krassen Gegensatz zum Souk: Ein moderneres Internet-Café hätte ich auch zu Hause nicht finden können! Schnell orientierte ich mich, stellte fest, dass die anderen mir gefolgt waren und ebenfalls ihre Mails loswerden wollten, dann tippte ich meine Botschaft an die Tanten: *Marokko und Marrakesch sind super. Mit Carlos hattet ihr leider Recht. Halte die letzten Tage durch, aber die Sache ist kompletter Mist. Erwarte morgen eure Antwort. Liebe Grüße, eure Mimi.«*

So. Ich stellte mich an die Bar und verlangte einen Kaffee.

»Für mich auch einen, bitte«, sagte Klaus. »Ich bezahle beide.«

»Danke! Mensch Klaus, du bist echt ein netter Kumpel.« Ich war ihm ehrlich dankbar – nicht für den Kaffee, den hätte ich locker bezahlen können. Für die Geste war ich ihm dankbar! Er grinste mich an. »Weißt du«, meinte er leise, obwohl die anderen noch an ihren Maschinen beschäftigt waren, »Wanda ist zu jedem so, wie sie Carlos jetzt behandelt. Sie muss einfach immer und überall das tollste

Mädchen sein. Mach dir nichts draus. Die Sache geht vorüber.«

Ich schwieg.

Er warf Zucker in seinen Kaffee und rührte um. »Ich spreche aus Erfahrung«, fuhr er fort. »Es gibt Mädchen, die sind wie Wanda. Die durchschaust du leicht. Dann gibt es Mädchen, die sagen: Du kannst immer zu mir kommen. Ich bin immer für dich da. Ich will gar nicht mehr als einen gelegentlichen Besuch oder so. Die sind viel gefährlicher. Warum? Weil sie dir vormachen, sie seien die besten, genügsamsten Menschen der Welt. Dabei ist das pure Berechnung, reinste Lügen sind das!«

»Junge, du scheinst wirklich aus Erfahrung zu sprechen«, meinte ich beeindruckt. »Aber weißt du, deine Erfahrungen sind ja schön und gut, aber was macht jemand wie ich?«

»Ehrlich gesagt – ich hab keine Ahnung.«

Ich grinste. »Ich auch nicht.«

Nagespuren

Reichlich kaputt trafen wir am späten Nachmittag im Hotel ein. »Zeigt ihr mir jetzt eure Farben?«, fragte Imane sofort.

»Wanda hat die besseren und die größere Auswahl.« Ich nickte ihr zu. »Du holst sie doch bestimmt, oder?«

»Na klar!« Das Biest war nicht nur blöd, sie war auch dumm, dachte ich und setzte mich so, dass mir die Sonne voll ins Gesicht schien. Tatsächlich kam sie nach wenigen Minuten mit ihrem Schminktäschchen zurück.

»Hier! Und hier und hier!«

»Was, das ist euer Khol?«

»Eyeliner«, verbesserte Wanda und zog den Pinsel heraus.

»Aber die Farbe ist ja blau!«

»Das steht mir besser als schwarz«, erklärte Wanda.

»Und wie trägst du das Rouge auf?«

»Mit diesem dicken Pinsel. Das ist der Lippenstift.«

Die Jungs lachten sich halb tot. Wolfi kam angehumpelt und ärgerte sich sichtlich. »Mensch, ich langweile mich so, dass ich nicht weiß, wie ich den

Tag überstehe, und ihr habt gute Laune!«, beschwerte er sich.

»Hättest dich eben nicht vom Skorpion stechen lassen dürfen«, meinte Klaus.

Das ärgerte Wolfi noch mehr. »Machst du morgen eine Stadtführung nur für mich allein?«, fragte er Imane und legte ihr die Hand auf den Arm.

»Nur für dich? Das geht nicht! Das darf ich nicht, ich habe meinem Vater versprochen, dass –«

»Ach was, dein Vater!«, rief Wolfi. »Der braucht doch nichts davon zu wissen! Und überhaupt – was geht das ihn an? Nichts.«

Bahrim runzelte die Stirn. »Wolfi, ich warne dich.«

»Ach, du warnst mich? Wovor denn? Was ist denn dabei, wenn ich mit Imane losziehe?«

»Du bist in Marokko und nicht zu Hause.«

»Wolfi, benimm dich. Du kennst die Bedingungen, unter denen Imane mit uns zusammen sein darf«, sagte Klaus scharf. »Bring sie nicht in Schwierigkeiten, ja?«

»Welche Schwierigkeiten? Ich sehe keine.«

Jetzt wurde ich wütend. »Wolfi! Nimm Vernunft an, verdammt noch mal!«

»Vernunft? Was ist das?«

»Wolfi, du nervst«, sagte Carlos. »Wann begreifst du endlich, dass nicht jedes Mädchen, das dir zufällig über den Weg läuft, dich zum Freund haben will?«

Ich zog die Augenbrauen hoch.

»Pah!«, machte Wolfi.

Zum Glück wurden wir abgelenkt. Schon von weitem rief jemand: »Hallo, hallo! Wo seid ihr denn?«

»Das ist Mehdi!«, sagte Imane. »Hier sind wir!«

»Hallo!«, sagte er und machte beim Näherkommen eine tiefe Verbeugung. »Ich will euch einladen. Kommt ihr zu mir auf den Platz? Extra-Aufführung – nur für euch – kostenlos! Na, habt ihr Lust?«

»Klar!« Im Nu war unsere Müdigkeit wie fortgeblasen. »Wann?«

»In zwei Stunden. Ich erwarte euch.«

»Wie steht's mit mir? Bin ich auch eingeladen?«, fragte Wolfi.

»Natürlich. Warum denn nicht?«

»Die wollen mich nicht haben«, erklärte er und zeigte anklagend von einem zum anderen.

»Wie?«

»Du kennst ihn nicht, Mehdi«, sagte Bahrim. »Er benimmt sich nicht korrekt.«

»Das ist schlecht.« Mehdi kratzte sich am Kinn.

»Gehen kann ich auch nicht.« Wolfi zeigte auf seinen Fuß, der noch immer dick verbunden war.

»Das ist das geringste Problem. Im Hof steht mein Moped. Du kannst auf dem Rücksitz mitfahren ... aber das andere, das unkorrekte Benehmen ... das ist wirklich schlecht.«

»Ach, nun macht doch keinen solchen Wind um die Sache! Es ist alles ganz anders, als ihr denkt! Und überhaupt – verbringt ihr doch mal einen kompletten Tag allein im Hotel, und dazu noch in einem fremden Land!«

Ich erinnerte mich an die zwei Stunden, die ich wartend auf dem Flughafen von Agadir verbrachte. Plötzlich konnte ich Wolfis schlechte Laune verstehen.

»O. k., Wolfi, du kommst mit. Unter einer Bedingung: Du bleibst an meiner Seite, klar?«

Erstaunt sahen die anderen mich an. »Bei dir?«, fragte Wolfi.

Wanda legte Carlos die Hand auf den Arm. »Ja, warum nicht? Carlos will mich zu dem Mann führen, der die Versteinerungen verkauft, nicht wahr, Carlos?«

»Das ... das ... also, ich meine, wir können doch alle zusammen gehen, oder?«, stotterte Carlos.

Wir machten aus, dass wir uns kurz umziehen und dann gemeinsam zum Platz gehen würden. Mehdi sollte langsam mit Wolfi auf dem Rücksitz nebenherfahren.

Kurze Zeit später trafen wir uns am Tor. Mehdi schob sein Moped auf die Straße und bedeutete Wolfi auf dem Rücksitz Platz zu nehmen. Mehdi rückte seine Kopfbedeckung – eine ganz besondere Mischung aus Kappe und Mütze – gerade und legte die Hände um den Lenker. Der war – ich riss die Augen auf ... am Lenker waren drei rote Rosen aus Plastik befestigt. Die Rosen kannte ich. Also, schloss ich messerscharf, war Mehdi am selben Tag wie wir mit dem Moped unterwegs gewesen. Na, warum auch nicht? Was war daran so sonderbar? Mimi, ermahnte ich mich, du darfst nicht überall Gespenster sehen. Das Leben steckt voller Überraschungen. Ein paar Rosen am Lenker haben nun wirklich nichts zu bedeuten, oder?

Wolfis Transport klappte wunderbar.

Wir versprachen Mehdi pünktlich zu sein und suchten uns etwas zu essen: Diesmal war es ein afrikanisches Gericht, eine Art Eintopf mit Fleischbällchen, Gemüse und Kartoffeln, super würzig und super-super scharf.

Wir spülten das Ganze mit reichlich Cola hinunter, was das Brennen aber nur noch verschärfte. »Himmel!«, japste Wanda. »Wie soll ich das nur überleben?«

Sie griff unter den Sitz und angelte nach ihrem kleinen Rucksack.

»He, wo ist er?« Sie schaute runter – nichts. »Mein Rucksack ist weg!«

»Hat Bahrim euch nicht gesagt, dass ihr auf eure Handtaschen aufpassen müsst?«, fragte Wolfi spöttisch. »Hier wimmelt es doch nur von Taschendieben und ähnlichem Gesindel!«

»Wolfi, halt die Klappe!«, sagte Klaus grob. »Bist du sicher, dass du den Rucksack überhaupt mitgenommen hast, Wanda?«

»Ganz sicher.«

»Und was war drin?«

»Der Kamm und mein Schminktäschchen. Ohne das gehe ich nie aus dem Haus – und der Geldbeutel natürlich. Keine Papiere, kein Pass, kein Flugticket. Das habe ich alles im Hotel gelassen.«

»Warum regst du dich dann auf? Ich schenke dir meinen Kamm«, versicherte Wolfi.

»Mitsamt den Läusen? Ach, hör doch auf! Natürlich will ich meinen Rucksack wiederhaben!«

»O. k., dann suchen wir ihn. Wolfi, du bleibst hier, ja? Du behinderst uns nur.«

Es war dunkel, der Platz wimmelte nur so von Leuten und uns war klar, dass die Aussichten, Wandas Rucksack zu finden, gleich null waren. Trotzdem machten wir uns auf die Suche. Kurz vor dem vereinbarten Treffen bei Mehdi kamen wir mit leeren Händen zurück.

»Hallo! Da seid ihr ja endlich! Schaut mal, was ich hier habe!«

»Meinen Rucksack!«, rief Wanda ungläubig. »Hat ihn der Dieb zurückgebracht?«

»Nicht direkt«, antwortete Wolfi geheimnisvoll. »Ich habe die Augen aufgemacht, den Dieb entdeckt und ihm deinen Sack aus Zähnen und Klauen gerissen.«

»Komm schon, Wolfi! Mach keine blöden Sprüche, sag, wie's war!«

»Es war genau so«, beteuerte er. »Der Dieb war einer der streunenden Hunde, er spielte mit dem Rucksack, das habe ich gesehen, als ich so hier saß. Ich hab ihn an den Tisch gelockt und ihm den Sack abgenommen. Das war alles.«

Einerseits, dachte ich, konnte die Geschichte durchaus stimmen; viele Hunde und auch Katzen rannten auf dem Platz umher. Andererseits musste man alles, was Wolfi behauptete, auf die Goldwaage legen. Ich nahm mir vor, Wandas Rucksack bei Tageslicht genau zu prüfen. Waren Spuren der Hundezähne zu sehen, hatte er die Wahrheit gesagt. Fehlten sie aber – dann ... dann mussten wir auf der Hut sein. Dann war Wolfi mit seinen Späßen wirklich unberechenbar.

Ich nahm ihn an der Hand.

Eine dichte Menschenmenge umringte Mehdi; er war eine echte Attraktion.

Wir drückten und schlängelten uns vor, staunten, wie er zuerst Bälle, dann Keulen durch die Luft wirbeln ließ und schließlich zu den Zauberkunststücken überging. Zuerst zog er einen Stab, dann einen Vogel, schließlich einen Sack mit Orangen aus dem Ärmel. »Wie macht er das nur? Woher nimmt er die Sachen?«, fragte ich Wolfi, aber der zuckte nur mit den Schultern. »Frag mich was Leichteres!«

»Imane, wie – Malika, du bist ja auch hier!«, sagte ich erstaunt. »Du bist doch Malika, oder?« Das Mädchen war dicht verschleiert, aber es nickte und ich sah an den Augen, dass es lachte.

Wolfi legte mir nichts, dir nichts Malika den Arm um die Schultern.

»Wolfi!«, zischte ich. »Benimm dich!«

Er lachte nur. Mit einer einzigen Bewegung machte Malika sich frei. Hinter ihr standen zwei Polizisten. »Benimm dich oder ich ruf die Polizei!«

»Ach nee!«

»Sie ist schon da. Dreh dich um, dann siehst du sie!«

Plumps! Das Säckchen mit den Orangen war aus Mehdis Kopfbedeckung geglitten und auf dem Boden gelandet. Die Menge lachte und klatschte; bestimmt dachten die meisten, das sei Absicht gewesen. Aber als das nächste Kunststück auch danebenging, fing die Menge zu murren an, viele gingen weiter, ohne dem kleinen Jungen ein paar Münzen in die Mütze zu werfen.

Malika begrüßte einen Mann, eine Frau und ein kleineres Mädchen. »Malikas Familie«, flüsterte mir Imane ins Ohr. »Hoffentlich haben sie Wolfi nicht bemerkt!«

Zum Glück verhielten sie sich völlig normal. Ich atmete auf. Aber was tat Mehdi? Er verbeugte sich, warf Bälle, Keulen und alles andere in eine Kiste, mit lautem Knall klappte der Deckel zu, Mehdi schulterte die Kiste – und verschwand in der Menge.

Mit einem Schlag war unsere gute Laune dahin. »Zurück ins Hotel«, befahl Bahrim.

»Und wie, bitte schön, komme ich zurück?«, fragte Wolfi weinerlich.

»Auf deinen Beinen«, antwortete Carlos grob. »Mach bloß kein Theater. Du hast heute genug Unheil angerichtet.«

Klar, wir passten uns seinen Humpelschritten an. Aber mit ihm reden? Nein, dazu hatten wir alle keine Lust.

Im »Ayour« hielt ich Wanda zurück. »Gib mir mal deinen Rucksack.«

»Warum?«, fragte sie erstaunt.

Ich trat unters Licht an der Rezeption und zog scharf den Atem ein. »Sieh mal, hier und hier und hier hat der Köter das Leder angenagt. Es scheint zu stimmen, was Wolfi erzählt hat.«

»Mimi! Du bist ja eine richtige Detektivin! Schlau bist du!«

»Quatsch. Es war nur die naheliegendste Überprüfung. Jeder hätte darauf kommen können.«

Wenig später lag ich im Bett und zog die Decke bis zum Kinn hoch. Klar, von Carlos hatte ich die Nase voll. Aber trotzdem mussten wir die wenigen Tage irgendwie überstehen, deshalb sagte ich: »Wolfi hat nicht gelogen. Ich habe die Nagespuren am Rucksack gesehen. Sind dir die Rosen an Mehdis Lenker aufgefallen?«

»Nein. Hätten sie das?«

»Mir fielen sie schon in Imouzzer auf. Und dann entdeckte ich das Moped in der Nähe der Kasbah. Du erinnerst dich? Was hatte er da zu suchen?«

»Mimi!«, rief Carlos. »Spiel nicht schon wieder Detektiv!«

»In Chile haben wir den Raubgräber gefasst«, erinnerte ich ihn. »Anfangs hast du mir nicht geglaubt, aber –«

»Stimmt. Ich war anderweitig beschäftigt. Es gab

da ein Mädchen, das ich von meiner Zuneigung überzeugen musste.«

»So? Zuneigung? Was ist das für dich? Hör mir auf mit deiner ›Zuneigung‹. Darauf kann ich verzichten.«

»Mimi, ich hab dir schon mehrmals gesagt, dass ich von Wanda nichts wissen will.«

Ich setzte mich auf. »Ich will dir was sagen, Carlos. Wanda geht mir mächtig auf den Wecker. Wenn sie schon den fiesen Beziehungskiller spielen will, soll sie sich ein anderes Opfer aussuchen. Warum musst ausgerechnet du das sein, hast du darüber schon mal nachgedacht?«

»Und warum«, entgegnete Carlos hitzig, »fängst du schon wieder mit diesem Thema an? Ich hab dir gesagt, das ist kein Thema. Du nervst, Mimi.«

»Und Wanda? Nervt die etwa nicht?«

»Klar nervt sie. Aber du lässt dich von ihr nerven. Das merkt sie, wahrscheinlich findet sie das toll, also macht sie weiter. Beachte sie nicht und die Sache erledigt sich von selbst. Glaub mir!«

»Hm.« Ich dachte nach. »Nein, Carlos, Mädchen ticken anders«, sagte ich entschieden.

»So? Mir ist völlig egal, wie Mädchen im Allgemeinen ticken. Hauptsache, du tickst richtig.«

»O. k. Ich ticke richtig. Mach die Augen auf, Carlos: Nicht Wanda ist das Problem, du bist es. Wenn du ihr entschieden zeigst, dass du sie ätzend findest, muss sie Leine ziehen. Tust du's nicht, wird sie weiter nerven. Du sagst, ich soll sie nicht beachten, dann würd' sich die Sache von alleine erledigen. Wie lange soll ich die Augen zumachen? Einen Tag, eine Woche, einen Monat, ein, zwei, drei Jahre? Sag mir das, Carlos!«

»Woher soll ich das wissen?«

»Siehst du! Und überhaupt: Mal angenommen, morgen taucht ein super Typ auf, Wanda ist hin und weg von ihm, dann lässt sie uns zwar in Ruhe –«

»Eben!«

»– alles ist o. k., bis die nächste ›Wanda‹ auftaucht. Wie gesagt, nicht Wanda ist das Problem, du bist es!«

FREITAG

Allein im Souk

In der Nacht fasste ich einen Entschluss. Ich würde den kommenden Tag allein verbringen, würde auf eigene Faust losziehen, fotografieren und Material für meine Artikel sammeln.

Also stand ich auf, als Carlos noch schlief, zog mich an, ging nach unten und stellte höchst erstaunt fest, dass Klaus bereits am Frühstückstisch saß.

»Was machst du denn hier?«

»Und du? Warum bist du schon auf?«

Wir lachten uns an. Ich war gewappnet und hatte mir vorgenommen niemandem etwas von meinem Entschluss zu sagen. »Ich konnte nicht mehr schlafen«, sagte ich. Das war nicht mal gelogen.

»Ich auch nicht. Aber warum kommst du schon mit der Tasche nach unten?«

Klaus war nicht dumm, er sah mehr, als mir lieb war. Ich zuckte die Schultern. »Das erspart mir einen unnötigen Weg.«

»So? Und was ist mit Carlos?«

»Der schläft noch.«

Ich hatte wirklich keinen Hunger, aber ich zwang mich so zu tun, als würde ich mit größtem Appetit essen. Als ich fertig war – von den anderen war zum

Glück noch nichts zu sehen –, sagte ich: »Bin gleich wieder da, ja?«

Das war nun wirklich gelogen, denn statt auf die Toilette zu gehen rannte ich über den Hof und schlüpfte aus dem Tor.

Geschafft! Ich atmete erleichtert auf, schlenkerte unternehmungslustig meine Tasche und ging die Gasse entlang. Da es erst kurz nach neun war, beschloss ich, zuerst einmal auf den großen Platz zu gehen und noch eine Tasse Kaffee zu trinken. Dann würde ich nachschauen, ob die Tanten meine Mail beantwortet hatten – und dann? Keine Ahnung. Das Weitere würde ich auf mich zukommen lassen.

Im Café war ich der erste Gast. Unten auf dem Platz breiteten die ersten Händler ihre Waren aus. Der Schlangenbeschwörer stellte den Korb mit der Kobra auf, ein anderer ordnete Ketten und Armbänder dekorativ auf seinem Tuch an und dann sah ich einen alten Mann über den Platz schlurfen. Er hatte ein Kissen unterm Arm, nickte dem Schlangenbeschwörer zu, hob den Deckel vom Korb und linste hinein.

Beide Männer lachten.

Der Alte legte sorgfältig das Kissen auf den Boden und setzte sich umständlich. Dann sank ihm das Kinn auf die Brust, er schien zu schlafen. Nur wenige Minuten später hockten mindestens zehn, zwölf Männer vor ihm. Der Alte hob den Kopf, breitete die Arme aus und redete und redete und redete …

Ein Märchenerzähler! Ich trank den letzten Schluck, bezahlte, rannte nach unten und setzte mich auf meine Tasche.

Natürlich verstand ich kein Wort, trotzdem fesselten mich sein Gesicht und die Gesten und beinahe – aber nur beinahe – reimte ich mir eine Geschichte zusammen. Ich vergaß das Biest Wanda, Carlos, den Idioten!, und meine Wut vergaß ich auch. Als der Märchenerzähler endete, plumpste ich leider wieder in mein Elend zurück. Ich schüttelte mich, warf ein paar Münzen in seine Schale, schaute auf die Uhr und hoffte, das Internet-Café zu finden.

Am Eingang zum Souk, so viel wusste ich noch, stand das Haus eines Teppichhändlers. Das konnte man nicht übersehen, denn von seinem Dach und aus den Fenstern hingen prächtige Teppiche über die Fassade. Bald stand ich davor, drehte mich noch einmal um und schaute über den Platz. Der füllte sich von Sekunde zu Sekunde mit immer mehr Menschen.

Und dann tauchte ich in die dämmrige, geheimnisvolle Welt des Souks ein.

Langsam schlenderte ich durch die erste Gasse, blieb bei den Korbwaren stehen und bewunderte einen kunstvoll geflochtenen Beutel. In der nächsten Gasse waren Gegenstände aus Holz. Ein Händler winkte mich in seinen Laden. Er hielt ein Kästchen in der Hand und bedeutete mir es zu öffnen. Das ging nicht.

Ich versuchte es wieder und wieder, aber den Trick durchschaute ich nicht.

Lächelnd nahm er mir das Kästchen aus der Hand, schob hier eine Leiste, da eine Leiste und auch noch eine dritte zurück – dann klappte der Deckel auf. Das war das richtige Mitbringsel für meine Tante Anne! Ich ließ mir noch einmal zeigen, wie es zu öffnen war, versuchte es selbst, und als ich sicher war den Trick verstanden zu haben, fing ich an zu handeln.

Zufrieden mit meinem Kauf zog ich weiter.

In der nächsten Gasse saß ein Drechsler am Boden, bewegte mit seinen Zehen und Händen eine Art Geigenbogen mit atemberaubender Geschwindigkeit und arbeitete in null Komma nichts aus einem normalen Stock eine Spindel heraus.

Wieder in der nächsten Gasse waren die Kupferschmiede und dann kamen Handwerker, die Spiegel mit Horn und Blech verzierten. Ob sich Tante Lise über einen solchen Spiegel freuen würde? Ich war mir nicht sicher und wanderte weiter.

Längst hatte ich jedes Gefühl für die richtige Richtung verloren. Ich hatte Hunger und kaufte drei Orangen.

Zwei aß ich auf der Stelle, die dritte hob ich auf für später.

Irgendwann schaute ich wieder auf die Uhr: halb zwölf! Ich zog mein Notizbuch aus der Tasche, schrieb auf ein leeres Blatt: CYBER INTERNET und hielt es einem Händler vor die Nase.

Er nickte, winkte und sprach mit einem kleinen Jungen. Der lachte mich an und bedeutete mir ihm zu folgen.

Tatsächlich, nach einigem Links- und Rechtsherum standen wir vor dem Internet-Café. Erwartungsvoll schaute der Junge zu mir hoch, ich drückte ihm ein paar Münzen in die Hand und wollte schon die Tür öffnen, da fiel mein Blick auf die Stelle, an der gestern die Rose zwischen den Brettern steckte.

Sie war auch heute da.

Wahrscheinlich, dachte ich, steckte sie immer

da. Aber dafür sah sie verdammt neu und, wenn man das bei Plastik sagen konnte, direkt taufrisch aus!

Ich tastete mich die Wand entlang und tappte auf der dunklen Stiege nach oben.

Das Café war gut besucht, fast jeder Stuhl war besetzt, deshalb bestellte ich zuerst einen Kaffee und wartete. Es kamen aber immer noch mehr Leute, zwei Schwedinnen, ein Deutscher, ein Engländer, der sich als Kanadier entpuppte, und schließlich eine Hand voll Japanerinnen. Ich machte, dass ich an eine Maschine kam.

Auf die Tanten war, wie immer, Verlass. »*Liebe Mimi*«, schrieben sie mir, »*wie schade, dass sich unsere Befürchtungen bewahrheitet haben! Wir fühlen mit dir, erinnern dich aber an deinen Vorsatz, die beste Reiseschriftstellerin aller Zeiten zu werden. Dazu brauchst du Carlos nicht. Außerdem fügen wir einen Allgemeinplatz hinzu: Du bist noch so jung, dass du ihn verschmerzen wirst.*
Wer ist das andere Mädchen? Ist sie eine intellektuelle Zicke oder ist sie das Gegenteil: ein raffiniertes Biest? Oder ist sie nur liebevoll, anspruchslos und duldsam? Das sind die Schlimmsten.
Wie auch immer: Es ist gut, schlechte Erfahrungen frühzeitig zu machen.
Bald bist du wieder zu Hause. Wir freuen uns auf dich und deinen Bericht. Vergiss nicht, alles aufzuschreiben und, wo es geht, zu fotografieren. Pass auf dich auf. Deine dich liebenden Tanten.«

Fast hätte ich geheult. Ich schluckte die Tränen hinunter und schrieb:

»*Danke für eure Antwort. Es handelt sich um den Typ: raffiniertes Biest, gekoppelt mit gnadenloser An-*

betung. Der Idiot Carlos ist zu blöd, um die Masche zu durchschauen. Glaubt, sie meint es ernst! Dabei, ich schwör's euch, ist sie nur so, solange sie niemand anderen gefunden hat. Na ja, habt ihr nicht immer gesagt, Männer seien ja so schlicht?
Kann euch nur beipflichten! Heute bin ich allein unterwegs im Souk. Morgen schreibe ich euch wieder.
Alles Liebe, eure Mimi.
PS: Muss nur noch zwei Tage durchhalten!!!

Ich tippte auf SENDEN, drehte mich aufatmend um – und sagte verblüfft: »Hey, Malika! Was machst du denn hier?«

Noch nie hatte ich jemanden gesehen, den eine einfache, harmlose Frage dermaßen erschreckte. Malika fuhr zusammen, hastig drapierte sie den Seidenschal um Kopf und Gesicht, drehte sich um und eilte zur Tür.

Ich sprang auf und hielt sie am Arm fest. »Ich bin's, Mimi! Erkennst du mich nicht wieder? Wir waren gestern bei dir im Fondouk.«

»Ach ja ... «, stotterte sie. »Klar, du bist Mimi.«

»Ich lade dich zu einer Tasse Kaffee ein, ja?«

Malika zögerte. Ich sah, dass es ihr nicht recht war, aber meine Neugier war geweckt.

Wir setzten uns auf zwei Hocker, ich bestellte und bemerkte, dass Malika immer wieder zur Tür schielte.

Wir tranken den Kaffee.

»Wo sind die anderen? Wo ist Imane?«, fragte Malika schließlich.

»Keine Ahnung«, antwortete ich mit einem Schulterzucken. »Ich bin heute alleine los.«

»Alleine?« Sie riss die Augen auf. »Hast du keine Angst? Du kennst dich doch nicht aus, oder?«

»Nein.« Ich lachte. »Natürlich nicht. Aber irgendwie werde ich mich zurechtfinden.«

»Hoffentlich.« Sie rührte in ihrer Tasse. »Wie geht es deinem Freund?«

»Gut, nehme ich an«, antwortete ich ausweichend.

»Und dem Mädchen? Dem mit den bunten Bändern im Zopf?«

»Der geht es noch viel besser!«

»Ach ja? Sie ist – sie hat ...«, Malika zögerte. Ich sollte ihre Meinung über Wanda nie erfahren, denn plötzlich sprang sie auf, wickelte wieder den Schal ums Gesicht und das, was ich davon noch erkennen konnte, wurde dunkelrot.

Sieh mal einer an, dachte ich. Hier gibt es ein Geheimnis. Ohne Zweifel stimmt da was nicht. Ich drehte mich um. Malikas stumme Freundin stand im Raum und schaute sich um. Jetzt hatte sie Malika gesehen – und mich. Sie zögerte.

Ich winkte und rief über die Köpfe hinweg: »Komm zu uns! Hier ist ein Stuhl frei!«

»Ich muss gehen«, sagte Malika hastig.

»Warte, ich gehe mit. Es wäre nett, wenn du mir den Weg zurück auf den großen Platz zeigen würdest. Ich muss nur noch bezahlen, ja?«

Malika konnte nicht anders; notgedrungen musste sie bleiben. Während ich auf mein Wechselgeld wartete, kam die stumme Freundin zu uns herüber. Sie nickte mir zu, flüsterte Malika etwas ins Ohr und schob eine Orange über den Tresen.

Darauf war Malika nicht gefasst, die Orange rollte weiter, fiel zu Boden, und weil eine der Schwedinnen gerade aufstand, stieß diese versehentlich dagegen, sodass die Orange bis zur gegenüberliegenden

106

Wand kullerte. So schnell hatte ich noch nie eine Orange verfolgt! Während ich auf die Knie fiel, holte ich meine Orange aus der Tasche und ließ stattdessen den Ausreißer darin verschwinden.

»Bitte!« Ich reichte der stummen Freundin die ausgewechselte Frucht und dabei bemerkte ich, dass der Nagel ihres Zeigefingers an einer Stelle blau angelaufen war, so, als hätte sie vor nicht allzu langer Zeit den Finger gequetscht.

Komisch, dachte ich, dieselbe Quetschung habe ich doch erst kürzlich gesehen?! Nur wo? Darüber musste ich nachdenken. Später.

»Gehen wir?«, fragte ich Malika.

»Ich kann nicht«, antwortete Malika. »Ich muss arbeiten. Meine Freundin auch. Aber wir zeigen dir, in welche Richtung du gehen musst. Du wirst den Weg finden.«

»Wenn ihr meint … schade, dass ihr keine Zeit habt. Aber klar, die Arbeit geht vor.«

Unten begleiteten sie mich bis zur nächsten Ecke. »Diese Richtung musst du einschlagen, dann kommst du zum Platz. Vielleicht sehen wir uns heute Abend. Alles Gute!«

Ich hatte mir fest vorgenommen die beiden zu verfolgen. Jedoch hatte ich mir kaum den Riemen meiner Tasche über die Schulter gelegt, da erkannte ich, dass sie in mindestens drei verschiedene Gassen hätten verschwinden können.

Verschwunden im Souk, dachte ich und verzog das Gesicht. Und nun? Zuerst musste ich mir die Orange genauer anschauen. Gestern ein Beutel Orangen, heute eine einzelne – wenn sie nicht süchtig danach waren, mussten die Früchte etwas zu bedeuten haben. Ich ging vorsichtshalber bis

107

zum CYBER INTERNET zurück, denn falls die Dinger wirklich etwas zu bedeuten hatten, wollte ich nicht mit den beiden Mädchen in Verbindung gebracht werden.

Eines war klar: Mir als Fremde erschien der Souk rätselhaft, geheimnisvoll und undurchschaubar.

Jemand, der hier aufgewachsen war, sah das ganz anders. Der kannte jeden Winkel und jeden Händler. Und jede Fremde stach aus der Menge heraus wie – wie eine Orange aus einem Beutel mit Äpfeln.

Außerdem wurde in diesem Souk mit allem Möglichen und Unmöglichen gehandelt, mit völlig Unverfänglichem und mit Verbotenem.

Ich beschloss, noch mal zurück ins Café und dort auf die Toilette zu gehen. Nichts konnte unverfänglicher sein als das. Schon stieß ich die Tür auf – da stockte mir der Atem: Die Rose war weg!

Im Souk verschollen!

Ich verriegelte die Toilettentür und holte die Orange aus der Tasche. Von außen sah sie aus wie jede Orange, darauf war ich gefasst. Also tastete ich sie vorsichtig ab – und dann schoss mir das Blut ins Gesicht. An einer Stelle war die Schale beschädigt und wieder festgedrückt worden, ich schälte sie rasch und hielt den Atem an. Geahnt, gesucht, gefunden, jubelte ich im Stillen und zog ein Röhrchen aus dem Fruchtfleisch. Es war ein Glasröhrchen, wie man es als Parfümprobe in vielen Läden geschenkt bekommt. Schnell öffnete ich den Stöpsel aus Plastik, schüttelte – und ein zusammengerolltes Papierchen fiel in meine Hand. Ich rollte es auf. »2« stand darauf. Einfach die Zahl 2. Daneben hatte jemand eine Rose gemalt. Eine Rose und die Zahl 2 ...

Nachdenklich rollte ich das Papier zusammen und steckte es in das Röhrchen zurück. Von der Orange aß ich keinen Bissen, mochte der Teufel wissen, ob das Fruchtfleisch irgendwie präpariert oder sonst was war. Ich wusch meine Hände und ging langsam zurück auf die Gasse.

Vor der Bude mit den vielen Sorten Plastikblumen blieb ich stehen. Die Rose hatte etwas zu bedeuten. Nur was? Und wie könnte ich das herausfinden? Ich kaute an meiner Unterlippe. Plötzlich hatte ich eine tolle Idee. Ich suchte eine Rose aus – es gab nur eine Sorte in Rot –, bezahlte, und als der Händler wegschaute, steckte ich sie zwischen die Bretter. Am übernächsten Laden wurde Silberschmuck angeboten. Ich wählte eine Kette aus, legte sie mir um den Hals, begutachtete mich in einem Spiegel und schielte rüber zu meiner roten Rose. Gerade zog der Händler sie aus der Ritze und stellte sie cool in den großen Pott zu den anderen zurück. Das darf nicht wahr sein, dachte ich entsetzt. Was hat das zu bedeuten? Die Sache wird ja immer komplizierter!

Jetzt brauchte ich dringend einen ruhigen Platz zum Nachdenken. Doch in keinem der Gässchen hatte ich eine Kneipe oder ein Gasthaus entdeckt, also suchte ich eine Treppenstufe, einen Brunnenrand, irgendetwas, aber ich fand nichts. Ich lief und lief immer weiter, längst hatte ich jedes Gefühl dafür verloren, wo ich mich eigentlich befand. Plötzlich dämmerte mir: Ich hatte mich hoffnungslos verlaufen! Immer wieder lockte mich ein Händler, eine Schar Kinder hatte sich an meine Fersen geheftet, acht waren es bereits und unaufhörlich bettelten sie: »Dirham! Miss! Dirham! Bonbon!«

Die Gässchen wurden immer schmaler, finsterer, immer häufiger landete ich in einer Sackgasse, musste umkehren und dabei den Kindern aus dem Weg gehen, und als ich wieder auf meine Uhr schaute, stellte ich fest, dass es bereits kurz nach fünf war.

Kein Wunder, dass mir alles so dunkel vorkommt, dachte ich erschreckt. Du musst schnellstens aus dem Souk rauskommen, Mimi!

Nur wie – das war das Problem. Und wohin wollte ich eigentlich? Ins Hotel? Nein, zuerst musste ich nachdenken, außerdem hatte ich keine Lust, jetzt schon auf Wanda oder Carlos zu treffen. In den Fondouk? Quatsch. Blieb also nur der große Platz. Das war nicht schlecht. Da könnte ich etwas essen – mir war schon ganz schlecht vor lauter Hunger – und über die Ziffer 2 plus Rose plus Orange plus Mädchen – es waren zwei! – Gedanken machen.

Aber zum Donnerwetter noch mal, wie hieß denn der Platz? Dschebel? So ähnlich ... Versuchsweise schrieb ich das Wort auf ein Blatt meines Notizbuches und zeigte es den Kindern. Die schüttelten lachend die Köpfe.

»Stimmt nicht, was?« Ich schrieb »Hotel Ayour«. Wieder Gelächter und Kopfschütteln.

Mist! Was nun? Ich schrieb »CYBER INTERNET« – gleiches Ergebnis.

Langsam wurde mir mulmig zumute. Wenn ich nur meinen Reiseführer oder wenigstens einen Stadtplan bei mir hätte! Beides hatte ich heute Morgen in der Eile vergessen. Das hatte ich nun davon, ich Esel!

Mit dem Wort »Museum« konnten die Kinder bestimmt nichts anfangen. Was blieb mir noch? Es musste ein Platz oder ein Gebäude sein, von wo aus ich wenigstens ein Taxi rufen konnte. Und dann hatte ich endlich eine Eingebung!

Ich schrieb »Moschee«. Wieder heftiges Kopfschütteln und wildes Gekicher.

»Was? Ihr kennt keine Moschee?«, fragte ich ungläubig.

Da wiederholte ein Junge mit einer riesigen Zahnlücke: »Moschee? Miss: Moschee?«

Jetzt war ich es, die heftig nickte. Ich hielt dem Jungen das Blatt vor die Augen. Der wedelte es ungeduldig beiseite und wiederholte: »Moschee?«

Endlich begriff ich, dass keines der Kinder meine Schrift lesen konnte. Deshalb sagte ich erneut: »Moschee!« Gleichzeitig holte ich meinen Geldbeutel aus der Tasche, kramte alle Münzen heraus und sagte: »Moschee! Dirham, ja?«

Die Kinder lachten, hüpften wie die Flöhe und schrien: »Dirham! Miss! Moschee!«

Ein Mädchen fasste nach meiner Hand, ein anderes hielt sich an meiner Tasche fest, zusammen rannten wir wie die Hasen durch die Gassen. In diesem Labyrinth kannten die Winzlinge jeden Winkel, jede Sackgasse und jede Abkürzung, es war ihre Heimat und ihr Spielplatz und endlich einmal hatten sie jemanden gefunden, der ihr Wissen mit Dirhams bezahlte! Ein Glückstag für sie – und für mich!

Mehr und immer mehr Kinder schlossen sich uns an, aber die Dazugekommenen hatten die Rechnung ohne die Ersten gemacht. Die blieben nämlich immer wieder stehen und stießen die Neuen weg, sodass ihnen nichts anderes übrig blieb als uns mit deutlichem Abstand zu folgen. Was für 'ne Hackordnung, dachte ich erstaunt. Die wären selbst dem Biest Wanda gewachsen und würden ihr locker mit ein paar Knüffen und Püffen den gebührenden Respekt beibringen! Bei diesem Gedanken lachte ich laut auf. Die Kinder lachten mit und zeigten stolz nach vorn: »Miss! Moschee!«

Tatsächlich, da stand im Dämmerlicht eine Moschee samt Minarett auf einem freien, großen Platz. »Geschafft!« Eine Zentnerlast, Quatsch, ein kompletter Steinbruch fiel mir vom Herzen.

»Miss? Dirham!« Acht erwartungsvolle Gesichter schauten zu mir hoch. »Miss! Moschee Ben Youssef! Ben Youssef!«

»Ach, so heißt die Moschee? Das muss ich mir merken!«

»Miss! Dirham!«

»Klar! Dirham! Moschee!«, sagte ich lachend. »Nur, wie verteile ich das Geld gerecht unter euch auf?« Natürlich verstanden sie meine Worte nicht, aber sie verstanden sofort mein Problem. Sieben kleine Fäuste stießen ein Mädchen nach vorn. Es hatte kurz geschnittenes, flusiges, verfilztes Haar, trug ein Kleidchen von undefinierbarer Farbe und viel zu kleine abgelatschte Plastikflipflops – aber hey, ihre Augen strahlten! Selbstbewusst streckte es die Hand aus. Ich gab ihr mein gesamtes Kleingeld. »Hier! Und danke! Vielen Dank!«

Erstaunt riss die Kleine die Augen auf, machte einen Luftsprung – und rannte fort, aber nur wenige Meter, nur bis zum Eingang des Souk. Im Nu saßen alle auf dem Boden und streckten eifrig die Köpfe zusammen. Ohne Geschrei, Zank oder Streit teilten sie in null Komma nichts das Geld untereinander auf, winkten mir lachend und hüpfend zu und verschwanden in der dunklen Gasse.

Die Orange

''*'*'*'*'*

Zu meinem Glück lief ich direkt auf ein Plätzchen zu, auf dem noch aufgespannte Schirme und mehrere runde Tische mit Stühlen standen. Erleichtert ließ ich mich auf dem erstbesten Stuhl nieder und griff nach der Speisekarte. Es gab Pizza, na so 'ne Überraschung, und Sandwiches und Salate und Suppen! Ich bestellte alles, Tomatensuppe, Salat und Pizza, dazu Cola mit Eis. Das war ein Mahl! Am Morgen hatte ich keinen Hunger gehabt, dazu lag mir die Wanda-Carlos-Connection zu schwer im Magen. Die beiden Orangen waren zwar gesund, aber keineswegs sättigend gewesen, kein Wunder, dass ich jetzt zuschlug!

Ich aß und aß und aß, und erst als ich selbst die Eiswürfel zerbissen und eine zweite Cola bestellt hatte, war mein Gehirn bereit an etwas anderes als nur »Essen!« zu denken.

Die zweite Cola brachte mich zum rätselhaften Geschehen zurück. Zwei Mädchen, die Zahl oder besser: die Ziffer 2, zweimal Orangen, die vorhandene und die fehlende Rose. Und dann noch der Händler, der meine Rose schnöde geklaut und zum Wiederverkauf recycelt hatte. Wie kam der ins Spiel? Gehörte er dazu – oder war er nur geschäftstüchtig?

114

Die letzte Möglichkeit schloss ich sofort aus. Wer so nahe am Internet-Café wohnt, bekommt mit, wenn Leute Rosen zwischen Bretter stecken. Das hatte er ja in meinem Fall bewiesen. Also war der Plastikblumenhändler irgendwie ins Geschehen verwickelt.

Die Rosen selbst waren sicher ein Zeichen. Sie konnten heißen: Ich bin hier! Oder: Solange sie steckt, warte ich auf dich! Oder, ganz simpel: Ich liebe dich, ich denke an dich!

Jedes Kind bei uns zu Hause weiß, dass eine rote Rose das Symbol für Liebe ist. Galt das auch in Marokko? Ich runzelte die Stirn. Keine Ahnung, aber ich nahm es einfach mal an.

Gut, das mit der Rose war geklärt, aber was hatten die Orangen zu bedeuten? Es war 'ne clevere, aber nicht unbedingt neue Idee, eine Botschaft in einer Frucht zu verstecken. Aber eigentlich war es ein mittelalterliches Vorgehen, jeder Mensch hatte heutzutage doch ein Handy und konnte locker zahllose SMS verschicken, ohne dass jemand das mitbekam. Bei uns – aha, da lag der Schlüssel! – bei uns hatte jeder ein Handy. Wie standen die Dinge bei den weniger Begüterten in Marrakesch? Ich pfiff durch die Zähne. Hier musste die Orange die Funktion eines Handys übernehmen, sie erfüllte denselben Zweck, nur war sie mit einer nicht zu unterschätzenden Gefahr verbunden: Das Handy versandte die Botschaften auf Knopfdruck, die Orange brauchte dazu die direkt Beteiligten oder einen Mittelsmann. Gesetzt den Fall, Malika war eine der direkt Beteiligten; war dann die stumme Freundin die zweite Beteiligte oder die Mittelsfrau? Und welche Rolle spielte der Plastikblumenhändler?

115

Ich grübelte und grübelte und kam zu dem Schluss, dass Malika und die stumme Freundin direkt beteiligt sein mussten, weil die Orange samt Botschaft in Verbindung mit der Rose sonst keinen Sinn machten.

Nur: Welches gefährliche Geheimnis teilten die beiden Mädchen, dass sie zu so außergewöhnlichen Mitteln greifen mussten? Handelten sie mit Drogen? Was gab es denn sonst noch? Zwei Mädchen konnten sich doch überall zu einem kleinen Plausch treffen, selbst in Marrakesch! Gerade hier in Marrakesch! Ja, bei einem Mädchen und einem Jungen wäre die Sache anders. Dann, ja dann könnte ich 'ne altmodische Botschaftsübermittlung verstehen. Aber bei zwei Mädchen? Neee! Zwei Mädchen ... warum war die eine stets tief verschleiert und dazu noch stumm? Ich trank einen Schluck Cola und erinnerte mich plötzlich an unser erstes Treffen mit Malika im Fondouk. War sie nicht höchst verlegen geworden, als die Stumme ankam? Da hatten uns Imane und Bahrim mir nichts, dir nichts aus dem Fondouk gelotst, obwohl wir noch überhaupt nichts zu sehen bekommen hatten! Ich war mir sicher: Die vermummelte und stumme Freundin war der Grund für die ganze Heimlichtuerei.

Nun kam ich zur Ziffer 2. Die konnte alles Mögliche bedeuten: zwei Rosen, zwei Orangen, zwei Stunden, zwei Tage – oder, Mensch, klar! Die Uhrzeit! Zwei Uhr! Die Zeit in Verbindung mit der Rose ergab den Treffpunkt!

Nicht schlecht, Mimi, lobte ich mich. Trotz Kummer kannst du noch klar denken!

Ich bestellte eine dritte Cola und nahm mir den

letzten Punkt vor: Wie würde ich vorgehen? Denn dass ich das Rätsel lösen wollte, stand für mich fest.

Wenn ich mal annahm, dass die Ziffer 2 nicht den Treffpunkt Nummer zwei, sondern die Zeit fürs Treffen angab und die Rose den Ort, dann wäre die Wahrscheinlichkeit groß, dass die beiden sich morgen um zwei Uhr treffen wollten. Würde auch noch eine Rose in der Bretterwand am Internet-Café stecken, hätte ich den Fall schon fast geklärt.

Also musste ich doch nur – Hilfe! Vor Schreck und Bestürzung sprang ich vom Stuhl hoch. Ich hatte ja die Orange samt Botschaft! Ich hatte die Verbindung zwischen den beiden unterbrochen, außerdem wusste nun eine ganz gewiss, dass man ihnen auf die Schliche gekommen war! Mein Gott, das Mädchen musste ja Höllenängste ausstehen! Woher sollte sie wissen, dass ich völlig harmlos war und nur Spaß am Rätselknacken hatte? Na ja, so harmlos war ich ja nun auch nicht gerade, aber das tat im Augenblick nichts zur Sache.

Also Mimi, was wirst du morgen tun?

Ich dachte kurz darüber nach, eine Dschellaba, dieses lange Gewand, zu kaufen, mir den rosa Seidenschleier um den Kopf zu wickeln und auf diese Weise verkleidet im Internet-Café gemütlich abzuwarten, wie sich die Dinge entwickeln würden.

Die Verkleidungsidee verwarf ich aber sofort. Sie wäre zwar ein exotischer Spaß gewesen, aber leider auch ein furchtbar unbequemer. Wenn man nämlich nicht gewohnt ist lange Gewänder zu tragen, stolpert man eher, als dass man rasch vom Fleck kommt. Also würde ich bei meinen Jeans bleiben und auf jeden Fall um zwei Uhr im CYBER INTERNET sein.

Als ich so weit gekommen war, war ich sehr zufrieden mit mir, bezahlte und fragte den jungen Mann, der mich bedient hatte, wo ich ein Taxi bestellen könnte.

Er zeigte nach vorn. »Hier, Miss, hier steht schon eines!«

Na, wenn ein Tag ein Glückstag ist, dachte ich, dann ist er's bis zum Ende!

Poolgeplänkel

Nach wenigen Minuten hielt das Auto vor dem »Ayour«. Ich bezahlte und öffnete mit gemischten Gefühlen das Tor. Der Zimmerschlüssel hing am Brett, was bedeutete, dass Carlos nicht hier war. Das war mir nur recht. Ich rannte in unser Zimmer, duschte, zog frische Wäsche an, denn nach dem Tag im Souk war ich alles andere als sauber. Als ich die Haare geföhnt und sogar Wimperntusche und Lipgloss eingesetzt hatte, war ich wieder total fit.

Ich hängte meine Tasche über die Schulter und wollte zum Platz, allerdings ging ich zuerst zum Pool. Warum ich das tat, wusste ich eigentlich nicht. Vielleicht dachte ich, dort Carlos zu treffen. Oder Klaus. Mit Klaus hätte ich mich gerne unterhalten.

Ich traf aber weder Carlos noch Klaus am Pool. Stattdessen hörte ich ein Lachen, das die helle Wut in mir weckte; es war nämlich unverkennbar Wandas Lachen.

Ich trat rasch hinter eine Palme und linste am Stamm vorbei. Der blaue Stern im maurischen Bogen beleuchtete Wasser, Palmen und Blumen mit seinem geheimnisvollen Licht und schuf eine Atmosphäre, wie sie romantischer nicht hätte sein

119

können. Wanda wäre nicht Wanda gewesen, wenn sie die nicht in ihrem Sinn genutzt hätte: Sie saß im Bikini am Pool, ließ die Beine ins Wasser baumeln und schäkerte mit dem Mann an ihrer Seite. Der trug eine Badehose und streichelte hingebungsvoll ihre Oberschenkel.

Der Mann? Ich huschte zur nächsten Palme. Wer war der Typ? Ich kannte ihn nicht, hatte ihn noch nie gesehen. Da war ich mir total sicher. Aber Junge, ging der ran! Ich grinste anerkennend. Jetzt stand er nämlich auf, legte ein Liegestuhlpolster auf den gefliesten Rand des Pools und bettete Wanda darauf. Aha, dachte ich und holte eiligst meinen Foto aus der Tasche, die Gelegenheit könnte nicht günstiger sein. Ich wartete noch ein wenig, so lange, bis ich dachte, dass die beiden nur noch Augen und Ohren für ihre höchstpersönlichen Angelegenheiten hatten, dann schlich ich mich noch näher ran und knipste drei Bilder.

Wie war das noch mal? Wenn ein Tag als Glückstag beginnt, endet er auch als ein solcher. Der Tag war noch nicht zu Ende, stellte ich zufrieden fest. Mal sehen, was er noch zu bieten hatte!

Aufs nächste Glück, die ersehnte günstige Gelegenheit!, musste ich nicht lange warten. Ich ging an der Rezeption vorbei und sagte zu dem Kellner, der dort herumhing: »Die beiden am Pool hätten gerne etwas zu trinken.«

»Sofort, sofort«, sagte er und eilte nach draußen.

Zum Portier sagte ich: »Bitte, können Sie den Hof ausleuchten? Ich muss am Wasser meinen Schlüssel verloren haben. In der Dunkelheit kann ich ihn schlecht suchen.«

»Aber sicher, gerne, Miss!«

So. Beide Maßnahmen würden das schnucklige Schäferstündchen empfindlich stören: Wer zuletzt lachte ...!!!

Wo würde ich die anderen treffen? Möglicherweise auf der Terrasse des Cafés. Also schlenderte ich in diese Richtung, blieb kurz beim Schlangenbeschwörer stehen, lachte über einen Pantomimen, der neu für mich war – und wurde plötzlich heftig am Arm gezogen. »Mimi! Wo kommst du denn her? Wo, zum Donnerwetter, hast du nur gesteckt?«

Ich sah, dass Carlos ernstlich böse war, böse – aber auch erleichtert.

»Wo ich war? Nicht dass dich das was angeht, Carlos, aber ich verrate es dir trotzdem. Also ich war: auf dem Platz hier, im Souk, im Internet-Café, vor der Ben-Youssef-Moschee«, zählte ich auf. »Ich bin weit herumgekommen, Carlos, und wirklich, ich hab 'nen tollen Tag verbracht. Du doch auch, hoffentlich.«

»Der Tag war total daneben«, knirschte er. »Warum bist du ohne ein Wort abgehauen? Du musstest doch wissen, dass wir uns um dich sorgen würden. Also ich fand das ganz schön egoistisch. Und unkollegial. Und –«

»Jetzt reicht's«, unterbrach ich ihn leise und drohend.

»Wenn hier jemand egoistisch und unkollegial ist, dann nicht ich.«

»So? Wir alle haben dich einen ganzen Tag lang gesucht, wir waren –«

Ich unterbrach ihn schon wieder. »Alle? Auch die liebe Wanda?«

»Ja, auch die!«

»Und ihr habt mich bis jetzt gesucht?«

121

»Na klar! Warum tigere ich wohl ständig auf dem Platz hin und her?«

»Wo sind die anderen?«

»Die sind komplett erschöpft und trinken jetzt einen Kaffee, oben auf der Terrasse!« Er deutete mit dem Daumen in die Richtung.

»Nur du nicht!«, spottete ich.

»Nein, ich nicht.«

»Aber die liebe Wanda ist sicher bei den anderen, nicht wahr?«

»Wanda hat mitgesucht bis zum Nachmittag«, erklärte er hitzig. »Dann hatte sie so starke Kopfschmerzen, dass sie sich ins Bett legen musste. Die Aufregung war zu viel für sie.«

»Waaas? Von welcher ›Aufregung‹ hat sie denn gesprochen?« Ich prustete los. Ich lachte so laut, dass die Passanten erstaunt stehen blieben und Carlos misstrauisch beäugten.

»Wanda und ihr Kopfweh! Ich hab sie mit ihrem ›Kopfweh‹ am Pool gesehen. Und wenn du ins ›Ayour‹ kommst, wird dir der Portier und der Kellner mit Freuden das ›Kopfweh‹ bestätigen, mein lieber Carlos!«

»Wovon redest du eigentlich?«

»Von der lieben Wanda. Genauso habe ich sie eingeschätzt und genauso hat sie sich verhalten. Ich hab ihre Masche durchschaut. Warum? Weil ich ein Mädchen bin und weiß, wie Mädchen ticken.

Du wolltest das ja nicht zur Kenntnis nehmen. Du als Junge weißt ja besser, wie sich Mädchen verhalten, du neunmalschlauer Mädchenkenner, du!«

»Würdest du mir bitte erklären –«

»Oh ja, Carlos, ich bin gerade dabei, dir zu ›erklären‹, was ich weiß! Erinnerst du dich an den Raubgräber in Chile? Erinnerst du dich an die drei Fotos, die ich von ihm machte, als er gerade einen Fund aus dem Boden hob? Erinnerst du dich daran, dass deine Schwester Baschi noch in der Nacht die Fotos entwickeln ließ und diese schließlich dazu führten, den Raubgräber zu fassen? Erinnerst du dich an all das?«

Carlos nickte sichtlich verwirrt. »Warum erzählst du mir das?«

Ich holte tief Luft. »Weil ich zufällig Wanda mit ihrem ›Kopfweh‹ am Pool überrascht und drei Fotos von den beiden gemacht habe. Ich schenke dir die Abzüge, sobald ich sie habe.«

Carlos begriff noch immer nichts. »Wie kannst du drei Fotos von ihrem Kopfweh machen? Hat sie so gelitten?«

Mir blieb die Spucke weg. »Gelitten?«, fauchte ich. »Sie hat den anderen Mann genossen! Die Fotos sind der Beweis dafür, wie ernst sie es mit dir meint, du Idiot! Du bist auf ihr Gesülze reingefallen, du hast unsere Beziehung aufs Spiel gesetzt! ›Ich liebe dich, Mimi, hab Geduld mit Wanda, beachte sie nicht‹«, spottete ich. »Hast du das nicht gesagt?«

Carlos zuckte zusammen. »Wanda ist – sie hat sich mit einem anderen getroffen? Am Pool?«

»Getroffen? So würde ich es nicht nennen. Sie hat sich mit dem Neuen vergnügt!«

»Das glaube ich dir nicht.«

Ich hielt ihm den Fotoapparat vor die Nase. »Hier drin sind eindeutige Beweise. Ganz abgesehen davon, dass, wie gesagt, der Kellner und der Portier vom ›Ayour‹ meine Beobachtungen bestätigen können. Ich hab sie nämlich zu den beiden rausgeschickt. Die Rache eines Mädchens an einem anderen ist süß, musst du wissen, schließlich weißt du ja ganz genau, wie Mädchen ticken!« Ich hatte mich mächtig in Rage geredet.

Carlos schwieg. Was sollte er auch sagen?

»So. Für mich ist damit das Kapitel Wanda erledigt. Ich geh jetzt rauf ins Café.«

Mit hängenden Schultern schlich er neben mir her.

»Mensch, da kommt die Ausreißerin!« Wolfi nahm mich theatralisch in die Arme und küsste mich ab.

»Klaus! Bei dir muss ich mich entschuldigen. Aber weißt du, ich konnte dir einfach nicht sagen, was ich vorhatte. Du hättest mich zurückgehalten, aber ich … ich brauchte einfach Abstand von allem.«

»Verstehe«, sagte er nur. »Das Dumme ist, dass eine Stadt wie Marrakesch, in der Menschen immer wieder spurlos verschwinden, nicht gerade ein kleines harmloses Dorf im Schwarzwald ist.«

»Klar. Aber ich kann auf mich aufpassen.«

»Ja. Das scheint zu stimmen, jedenfalls was fremde Orte angeht.«

Überrascht schaute ich ihn an.

»Du bist noch so jung, Mimi.«

»Wie alt bist du denn, Klaus?«

»Ein Jahr älter als Carlos«, erwiderte er prompt. »Ich hab meine Wanda-Erfahrungen und all das, was die so mit sich bringen, schon hinter mir. Gott sei Dank!«, setzte er aus tiefstem Herzen hinzu.

»Wanda«, sagte Wolfi, »Wanda ist ein rücksichtsloses Biest. Ich kann das beurteilen, weil ich auch ganz schön biestig sein kann. Nur – sie versteckt ihre Biestigkeit raffinierter als ich.«

124

»So? Wie macht sie das denn?«, fragte ich mit harmloser Miene. »Carlos, pass genau auf!«

Wolfi grinste Carlos mitleidig an und legte ihm die Hand auf den Arm. »Hör zu und merk's dir, du lernst jetzt etwas fürs Leben, Kumpel: Die Masche der Wandas ist aus Bewunderung und Edelmut gestrickt. Du kannst immer zu mir kommen! Ich bin immer für dich da!«, flötete er. »Du bist der Größte, der Beste, der Schönste. Und weißt du was, Liebster? Nur ich weiß, wie toll und super du bist!«, säuselte er.

Wir bogen uns vor Lachen. Ich tanzte um den Stuhl herum und rief: »Genau! Genau! Genau das hab ich dir gesagt, Carlos! Aber mir wolltest du ja nicht glauben, du . . .«

»Es reicht, Mimi«, sagte Klaus leise.

Es wurde eine extrem ruhige Nacht. Carlos und ich lagen in unseren Betten. Wir schwiegen. Ich war froh, dass er keine Annäherungsversuche machte. Die hätte ich nicht ertragen. Und dass er nicht fragte: »Wie geht es weiter mit uns beiden?«, fand ich auch gut.

Was hätte ich darauf antworten können? Bin ich Hellseherin?

125

SAMSTAG

Der Bikini

* ' * ' * ' * ' * '

Wir waren beim Frühstück, als Wanda erschien. Heute trug sie die Haare offen, der lila Lidschatten war wie immer gekonnt aufgetragen, das Rouge ebenso, aber statt der lila Perle am Kinn hatte sie ein schwarzes Schönheitspflästerchen angebracht. Sie sah blendend aus und setzte sich strahlend.

»Himmel, bin ich hungrig!«

»Na, kein Kopfweh mehr, Wanda?«, erkundigte sich Klaus.

»Nein, alles vorbei.«

»Es muss schlimm gewesen sein, so rasch, wie du dich verzogen hast«, machte Klaus weiter.

»Ja, es war furchtbar. Ich hab alles doppelt gesehen. Aber genügend Schlaf ist das beste Heilmittel. Ach Mimi, du bist ja wieder da«, spielte sie die Erstaunte. »Wir haben uns über dein Abhauen dermaßen aufgeregt, dass wir vor lauter Angst um dich die ganze Stadt durchgekämmt haben. Der Stress hat mir dermaßen zugesetzt, dass ich eine richtige Migräneattacke bekommen habe. Mein Gott, war das schlimm!«

Hätte ich nicht die Fotos im Kasten gewusst, hätte ich Wanda ihre Lügenmärchen garantiert abgenommen. Sie wirkte dermaßen überzeugend,

126

dass für uns alle feststand: So gekonnt log nur jemand mit jahrelanger Übung!

Klaus strich Feigenmarmelade aufs Brot. »Und jetzt, wo es dir wieder gut geht, Wanda: Was hast du heute vor?«

Ich schaute Klaus scharf an. Wusste er etwas von Wandas Neuem? Mal sehen.

»Ich?« Sie warf die Haare zurück. »Ach Carlos, heute muss ich mich leider um meine eigenen Angelegenheiten kümmern. Weißt du, gestern habe ich den ganzen Tag nach deiner kleinen Mimi gesucht, da hatte ich keine Zeit, die Reisemitbringsel für meinen Paps und meine Ma auszusuchen. Mir bedeutet meine Familie sehr viel, musst du wissen. Aber das verstehst du sicher. Natürlich wäre ich viel lieber mit dir zusammen. Vielleicht finde ich aber auch etwas für dich?«, setzte sie neckisch hinzu und blinzelte ihn auf ihre unnachahmliche Wandaart an.

Carlos saß wie ein begossener Pudel am Tisch.

Klaus räusperte sich. »Wir hatten, wie ihr alle wisst, ziemlich viel Stress mit dir, Wolfi. Es hat ewig gedauert, bis du eingesehen hast, dass du dich in Marokko nicht so benehmen kannst wie zu Hause. Leider hat sich Wanda dermaßen danebenbenommen, dass es mich meine ganze Überredungskunst und ziemlich viel Schmiergeld gekostet hat, dass wir nicht alle noch gestern Abend aus dem Hotel geschmissen wurden.«

Himmel! Was war denn geschehen? Hing das etwa mit der Rose und der Botschaft in der Orange zusammen? Waren doch Drogen im Spiel? Gespannt wartete ich darauf, was Klaus weiter sagen würde.

127

Zunächst sagte er gar nichts. Stattdessen griff er in seine Hosentasche und zog ein winziges Stück Stoff heraus.

Ich schnappte nach Luft. Wandas Bikinioberteil!

»Wanda, sowohl der Kellner als auch der Portier haben dich und deinen Freund am Pool überrascht. Ihr seid zwar abgehauen, aber das da hast du in der Eile zurückgelassen. Für marokkanische Verhältnisse ist euer Verhalten unentschuldbar.«

Wanda riss die Augen auf. »Mein Verhalten? Was hab ich denn getan? Ich hab im Bett gelegen und meine Migräne auskuriert. Da muss eine Verwechslung vorliegen. Das Ding da gehört mir nicht.«

Ich hatte genug. Langsam stand ich auf. »Was wäre, wenn nicht nur der Portier und der Kellner bezeugen könnten, dass das Oberteil dir gehört? Was wäre, wenn ich eindeutige Beweise hätte, dass du genau dieses Oberteil gestern Abend am Pool getragen und – ausgezogen hast?«

Wanda lachte. »Bring deine Beweise nur her, Kleines! Ich lache mich tot, wenn ich die sehe!«

»Alles klar! Ich bringe sie dir, darauf kannst du Gift nehmen!«

»Hu! Wie dramatisch! Sie spricht von Gift, die Kleine!« Wanda verdrehte die Augen. Sie steckte eine Banane in die Tasche und stand auf. »So long, ihr Lieben. Seid brav, wir sehen uns am Abend, o. k.?«

Das Biest verpasste Carlos eine voll fette, voll fiese Lektion, an der würde er noch 'ne ganze Weile zu knabbern haben. Fast, aber nur fast, tat er mir Leid.

Klaus seufzte. »Ich weiß nicht, warum es Leute gibt, die leidenschaftlich gerne lügen. Die müssen doch 'ne irrsinnige Macke haben.«

Plötzlich fiel mir der Märchenerzähler von gestern ein. Ich erinnerte mich an ein Märchen der Brüder Grimm. »Kennt ihr ›Frau Holle‹?«, fragte ich. »Sie belohnte die beiden Mädchen auf eine ganz eigene Art. Bei der Goldmarie sprang immer, wenn sie etwas sagte, ein Goldstück aus dem Mund. Bei der Pechmarie, die auch so genial lügen konnte wie Wanda, hüpfte bei jedem Wort eine eklige Kröte heraus. Stellt euch das mal bei Wanda vor!«

Der Bann war gebrochen. Wir lachten, dann machten wir aus, dass jeder den Tag auf seine Weise verbringen konnte.

»Wo ist eigentlich Bahrim?«, fragte ich.

»Heute ist Samstag, das ist hier wie bei uns der Sonntag. Heute ist er bei seiner Familie«, antwortete Klaus. »Also, ich gehe ins Museum und vielleicht noch in eine Moschee. Als Mann darf ich das. Kommst du mit, Wolfi?«

Der gähnte. »Museum? Moschee? Ich weiß nicht … ich bleib erst mal am Pool.«

»Pass bloß auf«, warnte ich ihn.

»Alles klar, Mimi. Ich bin so brav wie ein Unschuldslamm.«

»Hoffentlich!«

Wir standen auf.

»Unternehmen wir etwas gemeinsam?«, fragte Carlos.

Ich zögerte. »Warum nicht? Allerdings nur, wenn du damit einverstanden bist, dass wir vor zwei im Internet-Café sind.«

»Weißt du denn, wie du dorthin kommst?«, wollte er wissen.

»Ich kenne den Weg. Auf, nun mach schon.«

Der Wahrsager

✴ ʹ ✴ ʹ ✴ ʹ ✴ ʹ ✴ ʹ ✴ ʹ ✴ ʹ ✴

Ich ließ mir beim Portier einen Geldschein in viele kleine Münzen wechseln; die würde ich brauchen, um die Fotos, die ich von den Künstlern auf dem Platz machen wollte, bezahlen zu können. Kein Mensch kann auf dem »Djemaa el Fna« – jetzt hatte ich mir endlich den Namen gemerkt! – einfach so fotografieren.

Wir schlenderten los. Dem Märchenerzähler winkte ich zu; er winkte zurück: Ob er mich tatsächlich wiedererkannte? Ich wartete, bis er seine Arme weit ausbreitete und dramatisch die Augen rollen ließ. Da drückte ich ab und warf eine Münze in seine Schale.

Meine nächsten Opfer waren ein Schlangenbeschwörer, ein Mann, dessen dressierte Affen unglaubliche Kunststückchen vollbrachten und zum krönenden Abschluss den umstehenden Männern die Mützen vom Kopf rissen. Dann entdeckte ich den Zahnzieher. Er saß auf einem kleinen runden Hocker; zu seinen Füßen lagen auf einem Tablett in ordentlichen Reihen eine Menge gezogener Zähne. »Mensch«, sagte ich zu Carlos, »da sind so große darunter; die können doch nur von einem Kamel stammen, oder?«

Zum ersten Mal nach dem Wanda-Schock verzog er das Gesicht zu einem Lächeln.

Den Wunderheiler durfte ich nicht vergessen, den Feuerschlucker auch nicht, und dann – dann entdeckte ich tatsächlich einen Schreiber.

Er saß vor einem winzigen Tischchen, hatte Füller, allerlei Stifte und Papier in Reichweite und lauschte konzentriert einem Kunden: Der Mann erzählte langsam und ruhig, der Schreiber nickte und notierte das Gesagte in wunderschönen arabischen Zeichen. Dann blies er die Tinte trocken, rollte das Blatt sorgfältig zusammen, nannte den Preis und bedankte sich. Das Ganze hatte etwas unglaublich Würdevolles an sich.

»Meinst du, der Mann versteht Deutsch? Oder Englisch? Oder Französisch?«, fragte ich Carlos.

»Warum denn? Willst du dir einen Brief schreiben lassen? Du kannst die Schrift doch nicht lesen, Mimi.«

»Was macht das schon!«

Carlos stutzte. »Ja, was macht das schon, wenn du den Inhalt kennst«, meinte er nachdenklich.

Der Schreiber hatte uns längst beobachtet. Jetzt winkte er uns auf die Stühlchen, lächelte uns wissend an und fragte auf Englisch: »You lovers? You want love letter? I can do!«

Lange sahen wir uns an, Carlos und ich. An meinem inneren Auge zog die ganze Rory-Geschichte vorüber, mein Entschluss, mich nie wieder zu verlieben, dann kam Carlos mit seiner blöden Wette und die herrliche Zeit, die wir miteinander verbracht hatten. Ich sah die Andenpüppchen – und schließlich sah ich Wanda, das raffinierte Biest. All diese Erfahrungen gehörten jetzt zu meinem Leben.

131

Aber hatte ich nicht immer schon alle Höhen und Tiefen erleben wollen? So was Dummes aber auch; in Zukunft würde ich auf die Tiefen verzichten, schwor ich mir.

Ich erwachte wie aus einem Traum, holte tief Luft und hörte Carlos mit fester Stimme sagen: »Please, write the most beautiful love letter for us.«

Der Schreiber wählte sorgfältig ein besonders schönes Blatt aus; dass es handgeschöpft war, sah ich erst später. Er griff nach einem schwarzen Stift, konzentrierte sich und malte in einem einzigen, ununterbrochenen Schwung den Text auf.

»Wie schön!«, sagte ich hingerissen. »Das stecke ich in einen Rahmen und hänge es in meinem Zimmer auf! Eigentlich solltest du auch ein Blatt haben. Weißt du was, Carlos? Ich schenke dir davon 'ne Fotokopie in Extra-Qualität! Einverstanden?«

»Einverstanden.«

Wir gingen weiter. Ich knipste einen Todesmutigen, der fünf Skorpione über sein Gesicht krabbeln ließ. »Eklig ist das, komm schnell weiter, Carlos!«, drängelte ich. Aber weil ich meinen Fahrradschlüssel immer wieder verlegte, erstand ich einen Schlüsselanhänger mit einem netten, mittelgroßen Skorpion in Gießharz.

Ein Mann, an dem alles grau war: das Gesicht, das um den Kopf geschlungene Tuch, die Dschellaba, das am Ausschnitt herausstehende Hemd, die Strümpfe und Schuhe, winkte uns mit einer Dringlichkeit zu sich heran, dass wir ihm wie unter einem Bann stehend Folge leisteten. Er zeigte auf den grauen Teppich, wir setzten uns und dann deutete er auf die Papierrolle, die Carlos in der linken Hand spazieren trug. »Love letter, yes?«

»Wie bitte?«

»Er hat uns beim Schreiber sitzen sehen«, flüsterte mir Carlos ins Ohr.

»No, no! Ich wissen!«, radebrechte er. »Your hands, please.«

Verdutzt streckten wir ihm die Hände entgegen. Zuerst schaute er sich die Innenflächen meiner, dann die von Carlos' Händen an. Sehr konzentriert und sehr eindringlich tat er das. Dann nahm er meine Rechte und Carlos' Rechte, legte beide sanft, aber sehr bestimmt zusammen und meinte lächelnd: »Love letter o. k. Good.«

Verlegen standen wir auf. Ich legte ihm einige Münzen in die bereitstehende, noch leere Schale, aber der graue Mann schüttelte den Kopf. Sorgfältig leerte er die Münzen in seine Hand und reichte sie mir zurück. »Aber das geht doch nicht!«, rief ich und verschränkte die Hände hinter meinem Rücken.

Der Alte war unbeugsam. Ich musste die Münzen zurücknehmen, bedankte mich, indem ich ihm die Hand reichte, und fragte: »Warum haben Sie das getan?«

Ob er Deutsch verstand oder ob er den Sinn meiner Frage erraten hatte, weiß ich bis heute nicht. Jedenfalls entgegnete er eindringlich, indem er auf Carlos und auf mich zeigte: »You and you need help. Me – I help. O. k.? Bye-bye.«

Plötzlich schossen mir die Tränen in die Augen. Ich blinkerte, wischte sie verstohlen weg und flüsterte, obwohl uns auf dem vor Menschen wimmelnden Platz bestimmt niemand hören konnte: »Was ist nur los? Carlos, was ist nur los mit uns?«

Er schnäuzte sich verdächtig lange. »Weißt du,

133

wenn man tagtäglich so hockt und die Leute um einen herum beobachtet, wird man wohl automatisch zum Menschenkenner.«

»Schon möglich ...«

Wir drifteten auf einen Stand zu, an dem man frisch gepressten Orangensaft kaufen konnte. Ich bezahlte ein Glas, deutete auf mich und auf den Handleser, der nur wenige Meter entfernt reglos auf seinem grauen Teppich saß, dann tat ich so, als würde ich es zu ihm hinübertragen. »O. k.?«, fragte ich.

Der Saftpresser nickte und reichte mir ein kleines Tablett. »Wie nett!«

»Ich warte hier auf dich«, sagte Carlos.

Der Handleser freute sich über den Saft, wirklich, er trank das Glas sofort leer, stellte es aufs Tablett zurück und sagte: »Thank you. You and ...« Er drehte sich um und zeigte auf Carlos, »you big travel. Wonderful. O. k.?!«

»D-d-d-danke«, stotterte ich verwirrt und eilte zum Saftstand. Zum ersten Mal seit der ganzen Wanda-Geschichte griff ich nach Carlos' Hand.

»Was ist denn los? Du bist ja ganz durcheinander!«

»Das bist du auch gleich, wenn ich dir verrate, was der Handleser gesagt hat.«

»Na? Was hat er denn gesagt?«

Wir wichen zwei Liliputanern aus, die unter dem johlenden Beifall der Menge mit riesigen Keulen aufeinander losdroschen, aber im letzten Moment immer daneben hauten, zur Seite kippten oder mit einem Rückwärtspurzelbaum außer Reichweite gerieten.

»Also, was hat er dir noch gesagt? Vielen Dank

134

für die milde Gabe? Oder: Beehren Sie mich bald wieder?«

»Carlos, nun sei doch mal ernst!«, rief ich.

»Mimi, ich war so lange ernst, dass mir noch immer nicht zum Lachen ist. Kannst du das verstehen?«

»Klar. Aber das geschieht dir nur recht. Warum musstest du auch so blöd sein ... Lassen wir das Thema. Vorerst wenigstens, ja?«

»Einverstanden.« Carlos drückte meine Hand. »Also: Wie lange willst du mich noch auf die Folter spannen?«

»Bis ... bis ... wie spät ist es eigentlich?«

»Kurz nach zwölf. Zeit zum Mittagessen. Reicht die Zeit, bis du im Internet-Café sein musst?«

»Wenn wir nicht länger als eine Stunde essen. Sieh mal, da ist ein kleines Restaurant, in dem wir Couscous bestellen können. Ich liebe Couscous!«

Wir gaben unsere Bestellung auf, ich beugte mich vor und sagte: »Carlos, der Mann hat den Saft getrunken, und als er das Glas zurückgab, meinte er, sozusagen als Dank: ›You and you‹ – damit meinte er uns beide – ›big travel. Wonderful!‹ Was sagst du dazu?«

»Das hat er gesagt? Tatsächlich? Das ist merkwürdig. Das weissagte mir nämlich schon mal jemand; zu Hause in Chile war das.«

»Und? Was hat man dir gesagt?«

»Dass ich ... dass ich mit meiner Freundin weite Reisen unternehmen werde. Weite und auch gefährliche Reisen seien das, aber wir würden immer heil zurückkommen.«

»Hat man dir gesagt, dass deine Freundin die berühmteste Reisejournalistin aller Zeiten sei?«

135

»Nein, so weit konnte die Frau wohl nicht in die Zukunft schauen.«

»Wie schade, echt schade ist das. Aber macht nichts, das Couscous jedenfalls ist erstklassig.«

Wir ließen es uns schmecken. »Verrätst du mir noch, was uns im Internet-Café erwartet?«

»Würd ich ja gerne. Aber ich weiß es selbst nicht.«

Verpasst!

★ ′ ★ ′ ★ ′ ★ ′ ★

Ich schaute auf die Uhr. »Jetzt müssen wir gehen, Carlos!« Inzwischen kannte ich den Weg so gut, dass wir, ohne uns zu verlaufen, in Rekordzeit das Internet-Café erreichten. Ein Blick zur Bretterwand: Da steckte 'ne Rose! Und oben saß die Stumme am Tresen und rührte in ihrer Tasse! Hey, das war eine Überraschung!

»Carlos, du erinnerst dich an Malikas stumme Freundin? Sie sitzt an der Bar ... da drüben. Bitte lass sie nicht aus den Augen und hol mich sofort, wenn sie gehen will oder wenn Malika kommt, ja? Ich will rasch nachschauen, ob ich 'ne Mail von den Tanten bekommen habe.«

Ich setzte mich an einen freien PC und tippte mein Geheimwort ein. Wunderbar, die Tanten hatten eine Antwort geschrieben:

»Liebe Mimi, wie geht es dir?
Wir sind stolz auf dich, dass du den Kopf nicht hängen lässt, obwohl ›das Biest‹ bestimmt ein harter Brocken für dich ist. Solche Mädchen werden dir immer wieder begegnen, aber sie haben auch ihr Gutes: Sie trennen die Jungs in Spreu und Weizen. Du verstehst den Vergleich?
Es ist besser, schnell zu erkennen, wenn einer vor-

gibt Weizen zu sein, obwohl er nur leere Spreu ist. Man vergeudet nicht so viel Zeit mit hoffnungsvollen Gefühlen, die immer nur enttäuscht werden. Aber vielleicht hat Carlos auch etwas gelernt? Könnte ja sein, oder? Also warte mal ab, bevor du Entscheidungen triffst.

Trotz allem: Du hast eine weitere Erfahrung gemacht, hast viel Schönes und Interessantes gesehen, hast Stoff für deine Artikel gesammelt und fotografiert, also war die Reise kein Reinfall. Und morgen kommst du zurück. Wir freuen uns auf dich!

Deine Tanten

PS: Tante Lise backt gerade deinen Lieblingskuchen.«

Ich überlegte kurz, dann tippte ich:

»Liebe Tanten, das ›Biest‹ ist gestern Abend kopfüber in ihre selbst geschaufelte Grube geplumpst, hurra!

Ob Carlos Weizen oder Spreu ist, weiß ich noch nicht sicher. Jedenfalls ist er jetzt voll down, aber wir hatten heute früh tolle Erlebnisse auf dem Platz – ich freu mich schon aufs Erzählen!

Übrigens: Ich bin einem Geheimnis auf der Spur, aber die Zeit rennt, mal sehen, ob ich noch dahinter komme. Es hängt mit Rosen und Botschaften in Orangen zusammen!!! Drückt mir die Daumen, ja?

Alles, alles Liebe von eurer Mimi

Ebenfalls PS: Beim Weizen gibt es doch bestimmt wahnsinnige Unterschiede, oder? Also ich geb mich nur mit 'ner erstklassigen Sorte in Eins-A-Qualität zufrieden!!!«

So. Ich erinnerte mich an einen blöden Spruch aus der Werbung: Gut zu wissen, was man will, lautete der. Stimmt. Wenn man nämlich nicht genau weiß, was man will, eiert man bloß deppert in der Gegend herum.

Diese ganze Wanda-Geschichte hatte wirklich ihr Gutes; ich wusste jetzt Bescheid: Eins-A-Qualität, das wollte ich!

Ich schaute mich nach Carlos um. Der saß auf seinem Hocker neben der Stummen und langweilte sich. Ich zog einen weiteren Hocker heran und bestellte einen Kaffee. Die Stumme schaute ständig auf die Uhr, auf die Tür, auf die Uhr, auf die Tür. Es war schon nach zwei und Malika war noch nicht gekommen!

Es wurde halb drei, drei. Carlos zog verzweifelt die Augenbrauen hoch und flüsterte: »Findest du es nicht schade, wenn wir unsere kostbare Marrakesch-Zeit so verplempern?«

»Klar finde ich das schade. Aber es wird nicht mehr lange dauern, schätze ich . . . «

Vorsichtshalber bezahlten wir schon mal unseren Kaffee. Zum Glück, denn plötzlich stand die Stumme auf und war dermaßen rasch aus der Tür, dass mir vor Staunen der Atem stockte. Wie schnell sie sich bewegen konnte! Bisher war mir das nicht aufgefallen. Wir eilten ihr nach, aber klar, als wir unten waren, war sie verschwunden. Und – auch die Rose war weg!

Aha! Die Blume sprach also eine eindeutige Sprache: Ich bin da und warte auf dich!

»Kannst du mir jetzt bitte erklären, was das Ganze soll?«, fragte Carlos. »Und was du nun vorhast?«

»Was ich vorhabe, weiß ich auch nicht; jetzt hängt alles vom Zufall ab«, antwortete ich zerknirscht.

»Wir –«

»Hallo! Miss! Moschee? Dirham? Miss!«

Die Kleinen hüpften lachend um uns herum. Sechs zählte ich – aber da kamen die beiden fehlenden auch schon angerannt.

»Woher kennst du die Kinder?«

»Sie haben mir gestern aus dem Souk geholfen. Ohne ihre Hilfe würde ich jetzt noch umherirren!«

»Miss!« Sie zupften an meinem Hosenbein. »Miss! Moschee?«

»Dirham?«, ergänzte das Mädchen, dem ich gestern die Münzen in die Hand gedrückt hatte.

»Was bedeutet das: Moschee? Meinen sie eine bestimmte Moschee?«

»Es war so, Carlos: Als es dunkel wurde, musste ich schnellstens raus aus dem Souk. Aber wohin? Ins ›Ayour‹ wollte ich noch nicht, den Namen des großen Platzes wusste ich nicht, außerdem können die Kinder unsere Schrift nicht lesen. Also sagte ich einfach: Moschee. Das verstanden sie und sie führten mich zur Ben-Youssef-Moschee.«

»Oh«, sagte Carlos erstaunt. »Du kennst sie? Gleich daneben befindet sich nämlich die Medersa Ben Youssef, eine ehemalige und sehr berühmte Koranschule. Die Schule wurde geschlossen und heute ist das Gebäude für jeden zugänglich. Das wollte ich mir eigentlich ansehen … «

»Dann tun wir's doch«, sagte ich. Die Kinder hatten uns ungeduldig zugehört. Jetzt strahlten sie und hüpften vor Freude: »Ben Youssef? Miss?«

»Das Dumme ist: Gestern habe ich ihnen mein ganzes Kleingeld gegeben. Keine Ahnung, wie viel das war.«

»Moment mal.« Carlos nahm einige Münzen aus

dem Geldbeutel und zeigte sie den Kindern. »Dirham o. k.? Moschee Ben Youssef o. k.?«

Die Kinder beugten sich über seine Hand, schüttelten sofort die Köpfe und das pfiffige Mädchen sagte entschieden: »Dirham!«

Also fügte Carlos noch einige Münzen hinzu. »Dirham o. k.?«

Jetzt hüpften und strahlten sie wieder. »O. k.! Moschee Ben Youssef!«

Inzwischen umringten uns noch viel mehr Kinder, aber wie gestern verteidigten unsere Freunde ihr Dirham-Revier mit Stößen und Knüffen.

Heute wählten die Kinder andere Wege. Wir kamen bei den Silber- und Goldschmieden vorbei, bei unzähligen Teppichhändlern, den Leder- und Stoffwaren – und dann blieben die Kinder, eifrig miteinander diskutierend, stehen.

»Was ist? Haben sie sich verlaufen?«

»Bestimmt nicht«, versicherte ich ihm.

»Miss!« Die Wortführerin, die Kleine mit den abgetragenen Flipflops und flusigen Haaren, zupfte mich am Ärmel.

»Dirham?«, fragte ich misstrauisch.

Sie schüttelte heftig den Kopf. »Dirham – Moschee – o. k.«

Sie deutete zuerst auf ihren Bauch, dann auf die Augen, überlegte – und platzte strahlend heraus: »Supersupersuper!«

Die anderen lachten fröhlich, hüpften unentwegt und zogen uns einfach mit, wir erreichten einen schattigen Hof, das Mädchen stieß ein Tor auf und wir befanden uns – ja, was war das nur? Eine Apotheke? Ein Vorratslager für Gewürze? Wohl alles zusammen und in einem.

141

Ein fetter Mann im langen weißen Hemd, ein schwarzes Käppchen auf dem nackten Kopf, legte den Finger an die Lippen. Sofort waren die Kinder ruhig. Das Mädchen nahm mich an der Hand und deutete auf die Säcke mit Zimtstangen, Muskatnüssen, Kreuzkümmel, Safranfäden, Ingwerwurzeln, mit getrockneten Rosenblättern, mit Kräutern, von denen mir nur der kleinste Teil bekannt war, mit pyramidenförmig aufgeschichtetem Pulver in allen Schattierungen von hellgelb bis tiefrot. »Mmmm, wie das riecht! Und die Farben!«

»Mimi, das musst du sehen«, sagte Carlos. Er zeigte auf eine Reihe Gläser, die ausschließlich Federn enthielten, von winzigen flaumigen über größere braune bis hin zu langen Hühnerfedern.

»Wofür werden sie gebraucht?«

»Medizin«, erklärte der Mann sofort.

»Medizin?!«

Die nächste Reihe Gläser enthielt weiße Knöchelchen, die nächste getrocknete Vogelkrallen, die nächste gelbe Klümpchen einer wachsartigen Substanz, wieder die nächste milchweiße Brocken.

»Miss! Supersupersuper?« Das Mädchen strahlte mich erwartungsvoll an.

»Das ist obersupersuper!«, bestätigte ich. »Toll!«

Die Kinder quietschten vor Vergnügen und riefen »Toll!« und »Obersupersuper!«.

Sofort machte der Kahlköpfige »Kschschsch!«.

Carlos versuchte es mit Deutsch: »Bitte sagen Sie uns, was das ist!« Er deutete auf die Gläser mit den gelben Klümpchen.

»Weihrauch«, antwortete der Mann sofort.

»Und das? Die milchigen Brocken?«

»Moschus!«

»Wie bitte? Ist das tatsächlich Moschus? Das muss ja unglaublich teuer sein!«

Der Mann nickte, deutete aufs Glas, hob einen Finger und schrieb auf ein Fetzchen Papier den Betrag in Dirham. Schnell rechneten wir ihn um und riefen: »Was? Zweihundert Euro? Für einen Brocken so groß wie ein Stück Würfelzucker?«

Der Mann nickte wieder und hob die Hände. »Sehr, sehr kostbar, Moschus!«

Weihrauch war nicht ganz so teuer, aber immer noch unerschwinglich für uns. Schade. Weihrauch und Moschus wären coole Geschenke für meine Tante Lise gewesen. Eine getrocknete Vogelkralle war wohl voll daneben ... Aber die Gewürze waren bestimmt was für sie, denn Tante Lise war auch Journalistin, nur schrieb sie keine Reiseberichte, sondern Artikel über Küche und Garten.

Also erstanden wir ein Tütchen Safranfäden, weil die bei uns so sündhaft teuer sind. Ganz zufrieden war ich nicht; das sah der weiß behemdete Mann und deutete auf ein Glas mit zerstoßenen Kräutern und Stängelchen. »Ras el Hanut«, sagte er und schrieb unter den Moschuspreis die Zahl 27. »Typic Maroc«, erklärte er. »Sind 27 Gewürze!«

Er kramte in einer Schachtel. »Du Deutsch?« Er schüttelte den Kopf, als wir nickten. »Englisch?«

»Geht auch.«

»Gut.« Er reichte uns ein Blatt mit einem Rezept in englischer Sprache. »Darüber wird sie sich freuen!«, rief ich und deutete auf das »Ras-el-Hanut«-Gewürz.

Der Händler notierte die Preise, wir wollten bereits bezahlen, als die Kinder ganz aufgeregt um uns herumhüpften und »Dirham! Dirham!« riefen.

143

»Mensch Carlos, wir müssen handeln!«

Der Händler war mit der Hälfte des genannten Preises voll zufrieden und reichte uns das Wechselgeld. Junge, wie da die Kinder murrten! Der Mann schob sein schwarzes Käppchen auf dem kahlen Haupt hin und her, ließ die Augen über die Gläser wandern und griff eines heraus. Es enthielt etwa fingerlange dünne Wurzelstückchen. Eines davon holte er heraus, brach es in zwei Stücke, wickelte um jedes Teil eine rote Seidenschnur und hängte Carlos und mir das Ganze wie eine Kette um den Hals.

»Love«, erklärte der Händler. »Good love.«

»Supersupersuper!«, lobten die Kinder zufrieden und zogen uns aus dem Laden mit dieser orientalischen Tausendundeine-Nacht-Atmosphäre.

Auf der Gasse platzte Carlos heraus: »Sag mal, Mimi, was meinte der Händler mit ›good love‹? Meinte er ›starke Liebe‹ oder dachte er eher an ... du weißt schon, an die Potenz?«

»Das habe ich mich auch schon gefragt«, feixte ich. »Weil er aber jedem von uns die Kette umhing, denke ich doch eher an die ›starke Liebe‹, meinst du nicht auch? Außerdem – für Mittel, die die Manneskraft stärken, bist du noch zu jung.«

»Wer weiß!«

Das Thema »Liebe« war noch zu brisant, als dass wir darüber hätten spotten können – oder wollen.

Es dauerte nicht mehr lange, da erreichten wir den Platz der Ben-Youssef-Moschee. Carlos drückte der Kleinen die Münzen in die Hand, sofort kontrollierten alle den Betrag und nickten zufrieden. Ich hatte ein Fähnchen mit der Aufschrift »Ice-Cream« gesehen. »Stopp!«

Die Kinder schauten erstaunt auf. Ich kaufte acht mal »Schokolade« und reichte die Tüten den Kindern. »Miss!«, riefen sie strahlend, setzten sich sofort auf den Boden und schlotzten hingebungsvoll ihr Eis.

Über Carlos' Schulter hinweg knipste ich heimlich ein Bild von ihnen. Das würde ich vergrößern lassen, das würde einen Ehrenplatz in meinem Zimmer bekommen!

Der hüpfende Affe

Um die Medersa, theologisches Seminar und muslimisches Gotteshaus in einem, zieht sich eine lehmbraune unscheinbare Mauer. Tritt man aber durchs Tor, ist man wie geblendet, denn der gesamte Innenhof ist mit strahlend weißem Marmor ausgelegt. In der Mitte des Hofes befindet sich ein rechteckiges Bassin, im Wasser spiegeln sich der blaue Himmel und die mit hell glänzenden Kacheln gefliesten Mauern. Es ist ein unglaublich prächtiger Anblick und man könnte Stunden zubringen, die Muster der Kacheln, die Schönheit der schwarzen Schriftzeichen und die vielerlei Formen der Tor- und Fensterbögen zu bewundern.

Im oberen Stock befinden sich die Studierzimmer: winzige Zellen mit schweren Zedernholzbalken, in denen die Fensterchen so hoch oben angebracht sind, dass man beim besten Willen nur den Himmel sehen kann. »Was Besseres zum Lernen und Konzentrieren kann man sich gar nicht vorstellen«, sagte ich beeindruckt. »Aber weißt du was, Carlos? Ich komme langsam um vor Hunger.«

Im Bistro, das ich am Tag zuvor entdeckt hatte, bestellten wir – was sonst – Pizza. Ich berichtete Carlos von meinen Überlegungen bezüglich der Ro-

146

sen, Orangen und der beiden Mädchen, aber das Einzige, was ihm dazu einfiel, war: »Irgendwie macht das Ganze keinen Sinn. Warum sollen sich zwei Mädchen nur heimlich treffen können?«

»Genau das ist die Frage!«, rief ich. »Ich dachte an einen verbotenen Handel, mit Drogen vielleicht, aber wenn ich mir Malika vorstelle, traue ich ihr das einfach nicht zu.«

»Ich auch nicht. Aber was gibt es sonst noch? Gold? Edle Steine? Elfenbein, dessen Handel verboten ist? Moschus vielleicht, weil es so teuer ist? Nein, Mimi, es muss was total anderes dahinter stecken. Wahrscheinlich werden wir nie erfahren, was es ist.«

»Ich fürchte, du hast Recht.«

Carlos hatte einen Stadtplan eingesteckt, mit dessen Hilfe wir auf den Platz zurückfinden wollten. »Das Dumme ist nur, dass die meisten Straßen und Gassen keinen Namen haben«, sagte ich.

»Macht nichts. Wenigstens wissen wir, in welche Richtung wir gehen müssen.«

Wir machten uns auf den Weg, nicht durch den Souk, sondern in einem Bogen darum herum. Die Gassen waren schmal, die Häuser sehr hoch und sie standen dicht an dicht. Kinder spielten Hüpfen und »Himmel und Hölle« oder Fangen, und als wir um eine Ecke bogen, standen wir direkt vor Malikas Fondouk.

»Sollen wir rein und ihr Guten Tag sagen?«

»Lieber nicht«, antwortete ich und zog die Nase kraus. »Jedes Mal wenn wir uns getroffen haben, schien ihr das schrecklich peinlich zu sein. Weiß der Himmel, weshalb!«

Wir schlenderten weiter und stellten fest, dass

147

wir eine Abzweigung verfehlt hatten, umdrehen und eine Straße früher nehmen mussten. Wir schauten noch einmal auf den Stadtplan, ich hob den Kopf und sah, dass sich das Tor zum Fondouk einen Spaltbreit öffnete, ein Mädchen herausschlüpfte und mit gesenktem, von einem rosa Seidenschleier umhülltem Kopf eilig vor uns die Straße hinunterlief.

»Das ist Malika! Ich kenne das rosa Tuch und ihr Kleid! Mensch Carlos, vielleicht entdecken wir doch noch des Rätsels Lösung!«

»Versprich dir nicht zu viel, Mimi. Wahrscheinlich geht sie nur zum Bäcker oder zum Frisör!«

»Das glaube ich nicht!«, protestierte ich energisch. »Sieh doch, wie schnell sie läuft! Und kein einziges Mal bleibt sie stehen, nie schaut sie sich um!« Wir wollten nicht zu dicht zu ihr aufrücken, verlieren durften wir sie aber auch nicht, also hasteten wir schnellstens hinter ihr her.

Einmal entdeckten wir auf einem Schild den Namen der Straße. »Geh weiter«, sagte Carlos. »Ich schau auf dem Stadtplan, wo wir sind.«

»Beeil dich, ja?«

Nach wenigen Augenblicken hörte ich Carlos' Schritte hinter mir. »Sie scheint dasselbe Ziel zu haben wie wir. Den Platz Djemaa el Fna. Wir sind gleich dort.«

»Wie schrecklich! Zwischen all den Menschen werden wir sie aus den Augen verlieren«, jammerte ich. »Wie können wir das nur verhindern?«

»Kein Problem«, antwortete Carlos hastig. »Es ist jetzt kurz nach fünf. Ob wir beide zusammenbleiben, ist nicht so wichtig, Hauptsache, wir bleiben dicht hinter Malika. Sollte sie uns aber abschüt-

148

teln – was ich nicht glaube, denn sie hat uns sicher nicht bemerkt, dann treffen wir beide uns spätestens um sieben oben im Café. Etwas Besseres fällt mir so auf die Schnelle nicht ein.«

Am Rand des Platzes blieb Malika stehen. Sie ordnete die Falten ihres langen Kleides, sie wickelte den rosa Seidenschleier frisch um den Kopf, mit einem Tuch, das sie aus ihrer Handtasche zog, wischte sie den Staub von den Schuhen und schließlich schaute sie auch noch in einen kleinen Spiegel und tupfte rote Farbe auf die Lippen.

Ich kicherte. »Ob sie einen Freund hat und ihn hier treffen will?«

Carlos stutzte. »Wieso?«

»Das musst du doch wissen. Dir ist schließlich bekannt, wie Mädchen ticken!«, spottete ich. »Wenn ich einen Freund treffe, verhalte ich mich genauso wie Malika. Ich checke, ob alles an mir in Ordnung ist: Lippenstift, Wimperntusche, Haare, Jeans, Pulli. Eben alles, was wichtig ist. Wenn ich mich mit einer Freundin treffe, mache ich nicht so einen Wirbel!«

»So?«, fragte Carlos.

»Hey, pass auf, sie geht weiter!«

Jetzt ging Malika langsamer, sie schaute hierhin und dorthin, unterhielt sich sogar mit einem Wasserverkäufer und schien plötzlich alle Zeit der Welt zu haben. Es war leicht, ihr zu folgen. Ihr rosa Seidenschal stach aus der vielfarbenen Menge heraus und dann, ganz unvermittelt, blieb sie sogar stehen und schaute sich unauffällig um. Sie änderte die Richtung und ging nach rechts …

»Carlos, da steht die stumme Freundin!«, flüsterte ich aufgeregt. »Da! Am Stand, an dem wir heute Morgen den Orangensaft kauften! Siehst du sie?«

»Ja! Sie ist es, schließlich habe ich eine geschlagene Stunde neben ihr gesessen!«

Wir blieben stehen.

Die beiden Mädchen hatten sich entdeckt und gingen aufeinander zu, blieben dicht voreinander stehen und flüsterten miteinander.

Die Stumme war keineswegs stumm; im Gegenteil! Malika schüttelte mehrmals den Kopf, die Stumme fragte und fragte, aber immer wieder schüttelte Malika verneinend den Kopf.

»Es sieht so aus, als würde ihr die Stumme Vorwürfe machen«, stellte Carlos fest. »Sie könnten sich streiten, findest du nicht auch?«

Schließlich hob Malika die Schultern, drehte sich um und ging weg.

Die Stumme eilte ihr nach wenigen Augenblicken nach, hielt sie an der Schulter fest ... und dann gingen beide Hand in Hand weiter.

»Streit beigelegt«, sagte Carlos grinsend. »Was machen wir jetzt?«

»Wir verfolgen sie weiter, ist doch klar!«

»Solange es nicht zu dunkel dazu ist.«

»Einverstanden.«

Die beiden schienen kein besonderes Ziel zu haben. Wie wir am Morgen schauten sie den Gauklern und den Liliputanern zu, aber endlich machten sie an einem Stand Halt, kauften Fleischspieße mit Couscous und setzten sich auf eine der Bänke.

»Die Pizza«, sagte ich. »Wir hätten sie nicht essen sollen. Jetzt habe ich keinen Hunger mehr.«

»Mir geht es genauso. Was meinst du, Mimi, sollen wir nicht die Verfolgung aufgeben? Ich glaube nicht, dass sie etwas bringt.«

»Du hast Recht, Carlos. Aber schau doch, welche

Kunststücke der Affe fertig bringt! Er hüpft von Schulter zu Schulter – halt! Er ist ausgerissen!«

»Wo?«

In diesem Augenblick schrie jemand auf, der Mann, der ganz in unserer Nähe vor dem Korb mit seiner Kobra saß, brüllte – es hörte sich an, als würde er entsetzlich fluchen –, der Affe turnte um ihn herum, riss an seiner Kopfbedeckung, versetzte dem Korb einen Stoß, sodass die Kobra eiligst herausschlängelte und sich aus dem Staub machen wollte, die Umstehenden wichen entsetzt zurück, der Affe packte zu – und flüchtete mit dem Messingteller, auf den die Zuschauer ihre Münzen geworfen hatten.

»Carlos! Die Stumme!«

Carlos hörte mich nicht mehr. Er rannte auf und davon, jagte dem Affen nach, die Stumme hielt mit, war ihm dicht auf den Fersen, ich stürmte hinterher, wich hier einem Mann aus, platzte da in einen zweiten – aber weder den Affen noch Carlos noch die Stumme verlor ich aus den Augen.

Der Affe war unbestreitbar im Vorteil. Er witschte zwischen den Beinen hindurch, rannte mitten durch die Auslagen eines Schmuckverkäufers, dann tauchte der Affe auf dem Dach eines Kleiderverkäufers auf, hielt aber immer wieder zähnefletschend und aufgeregt schnatternd inne, schaute sich nach seinen Verfolgern um und schien eine riesige Freude an dem ganzen Spektakel zu haben.

Der Bananen- und Orangenstand wurde ihm fast zum Verhängnis. Höchst erfreut setzte er sich mitten in die Früchte. Zuerst warf er den Teller zu Boden – die Münzen waren ihm schon längst abhanden gekommen –, dann schleuderte er Orangen in

151

die lachende Menge, schließlich griff er nach einem Büschel Bananen, wählte eine aus, schälte sie in Windeseile und stopfte sie gierig in den Mund. Auf so eine Gelegenheit musste er schon lange gewartet haben!

Viele Hände griffen nach dem Affen, aber er wich allen geschickt aus.

Jetzt hatte ich Carlos eingeholt. »Wenn ich ein Seil hätte –«, keuchte er.

»Ein kleines Lasso, um den Wilden zu bändigen?«, spottete ich.

Jemand wollte von hinten nach dem Affen greifen, aber der war schlauer. Er drehte sich blitzschnell um, patschte dem verdutzten Mann die Banane mitten ins Gesicht – und flüchtete erneut.

Weiter ging die Jagd. In der Nähe unseres Cafés war ein großer Parkplatz. Der Affe hüpfte von Autodach zu Autodach, kroch zwischen den Rädern hindurch und war an tausend Stellen gleichzeitig. Die Taxifahrer schrien, die Zuschauer lachten, der Affe schnatterte und genoss es, Star des Abends zu sein.

Plötzlich machte er einen gewaltigen Satz, landete genau vor meinen Füßen und vor lauter Überraschung wich ich zurück, stieß gegen ein Mädchen, nein, gegen einen Mann, nein, es WAR ein Mädchen, Quatsch, kein Mädchen fühlt sich so an! Auf einmal war Carlos an meiner Seite und sagte mit seiner freundlichsten Stimme: »Sind wir uns heute nicht schon begegnet? Na klar, im Internet-Café saßen wir eine Stunde nebeneinander, nicht wahr?«

Längst war der Affe zur unwichtigsten Sache der Welt geworden. Dem Schreien und Johlen der Menge nach zu urteilen genoss er noch immer seine

152

Freiheit. Ich gönnte sie ihm von Herzen, denn hier – hier stand ich vor dem personifizierten Rätsel. Das lange helle Gewand mit der dunkleren Borte an den Kanten und der Schal mit den hüpfenden Äffchen – so ein Zufall aber auch! – trug eindeutig Malikas stumme Freundin. Das Gesicht aber – also das Gesicht ... der Khol hatte sich aufgelöst und war verschmiert, der Schal hatte sich während der wilden Jagd gelöst und war auf die Schulter geglitten. Endlich sah ich klar!

»Mehdi!«, rief ich. »Mehdi! DU bist die stumme Freundin!«

Blitzschnell hielt er mir die Hand vor den Mund und genauso blitzschnell wickelte er wieder die »hüpfenden Äffchen« um sich herum. Seine Augen funkelten mich warnend an. »Schhhh!«

Ich griff nach seiner Hand. Da! Hier war er – der Fingernagel mit der Quetschstelle!

»Hallo?!« Das war Malika. Unsicher sah sie von einem zum anderen, ganz offensichtlich war sie jetzt erst zu uns gestoßen und wusste noch nicht, dass wir in ihrer Freundin Mehdi, den Zauberer, erkannt hatten.

»Ich meine, ihr seid uns eine Erklärung schuldig«, sagte ich schließlich.

»Warum?«, fragte Malika.

»Weil – wir könnten manches sehr falsch verstehen.«

Mehdi lachte. »Was kümmert das uns? Ihr fliegt morgen wieder nach Hause.«

»Stimmt. Es ist nur so –«, ich räusperte mich. »Ich habe gestern im Internet-Café meine gegen eure Orange getauscht. In dieser Orange entdeckte ich das Glasröhrchen mit dem Zettelchen.«

153

»Na und?« Mehdi zuckte die Schultern.

Jetzt trat Malika einen Schritt vor. »Stimmt es, dass ihr morgen schon nach Hause fliegt? Dann, Mehdi, können wir ihnen doch alles erzählen. Ich würde es gerne tun und vielleicht – vielleicht können sie uns einen Rat geben?«

Mehdi schaute finster zu Boden. Dass ihm die ganze Angelegenheit peinlich war und er am liebsten tausend Meilen zwischen sich und uns gelegt hätte, konnte ein Blinder sehen, ehrlich!

»Geht es um Drogen? Um irgendetwas Verbotenes?«, fragte Carlos.

»Drogen?« Die beiden rissen die Augen auf. »Wie kommt ihr nur auf diese Idee?«

»Na, weil euer Geheimnis sehr schrecklich sein muss«, erklärte Carlos.

Mehdi schüttelte entschieden den Kopf. »Es geht um nichts Schreckliches. Aber es geht tatsächlich um etwas Verbotenes. Das heißt, in unserem Land ist es verboten, in eurem hätten wir wahrscheinlich überhaupt keine Probleme, nicht wahr, Malika?«

»Also, wenn das so ist ...« Carlos sah sich suchend um. »Es wäre gut, wenn wir uns irgendwo hinsetzen könnten. Das Café kommt wohl nicht infrage? Unser Hotel auch nicht?«

»Aber der Park.« Mehdi deutete hinter sich. »Also los!«, ermunterte Carlos die beiden. »Wie lange hast du Zeit, Mehdi?«

»Bis es dunkel ist. Es kommt nicht auf die Minute an.«

Wir gingen ziemlich weit in den Park hinein. Unter einem Feigenbaum, weit entfernt von allen anderen Menschen, fanden wir ein geeignetes Plätzchen.

»Also: Was wisst ihr?«, fragte Mehdi herausfordernd.

»Wir?«, entgegnete Carlos. »Mimi hat die Augen offen gehalten. Sie müsst ihr fragen, nicht mich.«

»Was hast du gesehen? Bitte sag uns alles; es ist wichtig für uns«, bat Mehdi. »Wenn du etwas entdecken konntest, können es andere auch.«

»Es ist sehr, sehr wichtig«, ergänzte Malika.

Sie schaute mich so angstvoll und verzweifelt an, dass ich wusste: Für die beiden geht es um alles.

Ich dachte nach, holte tief Luft und begann:

»Zuerst einmal sind mir die drei Rosen an deinem Lenker aufgefallen, Mehdi. Das war in Imouzzer. Dann entdeckte ich dein Moped im Olivenhain in der Nähe der Kasbah.«

»Was?«, rief Mehdi ungläubig. »Ich dachte, ich hätte es gut versteckt!«

»Klar, es war gut versteckt, aber nicht gut genug. Erinnerst du dich? Da sind die Waschmulden. So etwas sieht man bei uns nicht. Also ging ich hin –«

»– und du hast sein Moped gesehen«, sagte Malika. »Ich – meine Familie wohnt in der Kasbah. Ich hatte ein paar Urlaubstage und verbrachte sie dort. Mehdi hat mich abgeholt. Alle dachten, ich würde mit dem Bus nach Marrakesch fahren, in Wahrheit hat er mich zurückgebracht.«

»Warum müsst ihr euch denn heimlich treffen?«, fragte ich neugierig.

»Darin liegt ja unser ganzes Problem«, rief Mehdi. »Es ist so: Ihr habt Malikas Vater gesehen. Habt ihr auch ihre Mutter oder ihre Schwestern kennen gelernt?«

Carlos und ich verneinten. »Eben. Das müsste euch doch schon alles sagen. Malikas Vater und

155

Mutter, die ganze Familie denkt noch sehr traditionell. Das heißt, die Eltern suchen für ihre Töchter den Mann aus.«

Wir nickten. »Gut. Für Malika haben sie zwar keinen ausgesucht, aber trotzdem wären sie mit mir nie einverstanden. Ihre Familie ist nach unseren Standards nicht arm. Deshalb erwarten sie, dass ein Mann«, fuhr Mehdi fort, »ein Mann, der eine Frau heiraten will, mindestens ein Haus vorweisen und so viel Geld verdienen muss, um seine Familie ernähren zu können. Das ist auch richtig, denn bei uns gibt es keine Krankenversicherungen und keine Lebensversicherungen wie bei euch. Wenn bei uns jemand arm ist und krank wird, ist er ... hat er ...«

»Du brauchst das nicht weiter zu erklären«, sagte ich rasch. »Wir wissen, was du sagen willst.«

Mehdi nickte. »Ich habe kein Haus und kein Geld. Ich bekomme ein Stipendium, damit ich studieren kann. Nebenher verdiene ich auf dem Platz mit meinen Zauberkunststückchen so viel hinzu, dass ich davon leben kann. WENN ich mein Studium beendet habe und WENN ich einen Job vorweisen kann, dann, erst dann habe ich bei ihren Eltern eine Chance. Aber das wird noch dauern, nicht wahr, Malika?«

Sie nickte. Plötzlich verstand ich ihr Problem. »Ach, deshalb müsst ihr euch heimlich treffen? Deshalb habt ihr euch die Sache mit den Rosen und Orangen ausgedacht? Deshalb verkleidest du dich als Mädchen, Mehdi?«

»Na klar! Überall in der Stadt wohnen Verwandte von uns. Wenn sie uns zusammen sehen würden, müsste Malika sofort aufs Land zurück!«

156

Ich nickte. »Und der Plastikblumenverkäufer? Was ist mit ihm?«

Mehdi lachte. »Der ist, neben Imane und Bahrim, eingeweiht. Er ist ein Vetter von mir. Das Internet-Café betreibt ein Schwede, der kümmert sich nur um seinen Laden. Deshalb treffen wir uns auch bei ihm.«

»Himmel noch mal! Wie lange geht denn das schon?«

»Dass wir uns heimlich treffen? Über ein Jahr. Und es wird noch lange dauern«, wiederholte er.

»Habt ihr – wollt ihr durchhalten?«, fragte Carlos.

Die beiden sahen ihn verwundert, ja verständnislos an. »Wir lieben uns«, antworteten Malika und Mehdi gleichzeitig.

»Siehst du«, sagte ich und hätte fast »du Schafskopf« hinzugefügt. Aber das verschluckte ich gerade noch.

Mehdi stand auf. »Ich muss jetzt gehen.«

»Ich komme mit«, sagte Malika und griff nach seiner Hand. »Ihr wisst auch keinen Rat?«

»Nein«, erwiderte ich. »Ich kann euch nur alles Gute wünschen. Aber wenn ihr uns in Deutschland besuchen könntet –«

»Ja, wenn der Feuerschlucker Geld speien würde! Oder wenn man auf dem Souk fliegende Teppiche kaufen könnte!«, meinte Mehdi lachend. Sein Lachen klang ziemlich bitter.

Die beiden verschwanden in der Dunkelheit.

Wir schwiegen. Über uns, zwischen den Blättern des Feigenbaums hindurch, sah ich die Sterne. Der Lärm vom Platz drang nur noch schwach bis zu uns herüber.

Ich ließ mich rückwärts aufs Gras fallen und verschränkte die Hände hinterm Kopf.

»Warum hast du gerade ›siehst du‹ gesagt?«, fragte Carlos leise.

Ich musste erst mal darüber nachdenken. Die Frage war nicht mit einem einzigen einfachen Satz zu beantworten.

»Weißt du«, sagte ich langsam, »wir haben in den vergangenen Tagen so viele Arten ›Liebe‹ erlebt. Malika und Mehdi wissen, dass sie zusammengehören. Sie werden durchhalten. Ich kann mir nicht vorstellen, dass Mehdi seine Mitstudentinnen überhaupt wahrnimmt. Für ihn gibt es nur Malika und für Malika nur Mehdi. Wenn du an Wanda denkst ... Für Wanda bedeutet ›Liebe‹: Wie kriege ich den Mann und den Mann und den auch noch? Wer hat die meiste Knete? Mit wem habe ich die angenehmste Zeit? Wer bietet mir am meisten? Liebe oder das, was sie dafür hält, ist für sie portionierbar. Sie ist nichts, was sie ausschließlich mit einem einzigen Menschen verbindet.«

»Meinst du das wirklich?«

»Oh ja. Wie sonst hätte sie von einer Stunde auf die andere dich durch einen Neuen ersetzen können?«

Carlos zuckte zusammen, aber ich war noch nicht fertig.

»Und du, Carlos, pendelst zwischen beiden Arten. Ich bedeute dir viel, aber die Tage mit Wanda waren auch nicht schlecht, was? Nur dumm gelaufen, dass sich Wanda nicht so einfach hat abschütteln lassen, als ich angeflogen kam. Sie hat mit Genuss und großem Vergnügen den Störfaktor gespielt und sie hätte das noch viel länger durchgezogen, wenn nicht der andere aufgetaucht wäre. Wo hat sie ihn eigentlich kennen gelernt?«

»Keine Ahnung. Ist ja auch nicht wichtig.«

»Nein, das WO ist nicht wichtig. Aber das ÜBER-HAUPT, das ist wichtig! Hätte sie ihn nämlich nicht kennen gelernt, säßen wir jetzt nicht hier. So viel steht fest.«

»Sag das nicht ...«

»Doch, genau das sage ich«, erwiderte ich fest. »Ich habe dir gesagt, dass nicht Wanda, irgendeine Wanda, das Problem ist. Du bist das Problem. Solange du nicht weißt, was du willst, solange du schwankst, werden wir keine ruhige Minute haben. Und solange ich nicht weiß, ob ich die Einzige für dich bin, kann ich mich nicht für dich entscheiden.« Ich stand auf. »Alles klar?«

»Nein.«

Überrascht plumpste ich ins Gras zurück.

»Wieso nicht?«

»Ich meine, du machst es dir zu einfach.«

»Inwiefern?«

»Erstens: Du musst lernen mit einem Mädchen wie Wanda umzugehen. Nimm's locker und die Sache ist nur halb so schrecklich, wie du sie siehst. Wenn sie merkt, wie sehr du dich aufregst, macht sie aus lauter Spaß an der Freud weiter und immer weiter. Es stimmt, dass eine Wanda immer rücksichtslos sein wird. Das musst du wissen und einkalkulieren.

Zweitens: Zwischen Wanda und mir war nichts. Du musstest das zwar denken und Wanda hat alles getan, um dich in deinem Glauben zu bestärken, aber mir hast du ja nicht geglaubt. Wir haben geflirtet, ja. Aber das war alles.«

»Hm. Darüber muss ich nachdenken.« Ich drehte mich auf den Bauch, kaute auf meiner Unterlippe herum. Einerseits hatte Carlos Recht. Ich musste lernen mit Mädchen wie Wanda umzugehen. Andererseits wusste ich, dass Carlos mit seinem zweiten Punkt Unrecht hatte. »Erinnerst du dich an deine blöde Wette in Chile?«, fragte ich. »Damals haben wir gesagt: Man spielt nicht mit der Liebe. Dazu stehe ich. Und du?«

Er antwortete nicht.

»Ich bin nicht das einzige Mädchen auf der Welt, Carlos. Du hast die freie Wahl: Die eine ist hübscher als ich, die andere klüger, die dritte sportlicher, die vierte ... ach, ich weiß nicht was. Jede zeichnet sich durch eine Besonderheit aus. Das Gleiche gilt aber auch für die Jungs, vergiss das nicht, Carlos. So. Und nun stell dir vor, was wäre, wenn wir beide –«

»O. k., du musst nicht weiterreden, Mimi.«

»Und du musst heute Abend nichts mehr dazu sagen. Gehen wir auf den Platz zurück und schauen Mehdi noch eine Weile zu, ja? Vielleicht treffen wir auch die anderen.«

SONNTAG

Der Morgen

Von den anderen haben wir niemanden getroffen, weder auf dem Platz noch im Hotel.

Aber am Morgen entdeckte Carlos das Blatt, das jemand unter unserer Zimmertür durchgeschoben hatte.

»Hallo ihr beiden!

Ihr wisst, dass ich das Mietauto zurückgegeben habe. Aber morgen leiht mir mein Vater unsere Kutsche. Ich könnte euch allen noch etwas aus der Umgebung Marrakeschs zeigen. Wenn ihr mitkommen wollt, treffen wir uns um neun beim Frühstück. Gruß Bahrim.«

»Wie sieht's aus? Gehen wir mit?«, fragte er und gähnte herzhaft.

»Na klar! Wir haben doch bis zum Abend Zeit!«

Als wir nach unten kamen, hatte Wolfi gerade sein Frühstück beendet. »Tschüs, ihr beiden, ich gehe! Hab 'ne sehr nette Schwedin kennen gelernt.«

»Im Internet-Café, stimmt's?«

»Woher weißt du das, Mimi?«, entgegnete er erstaunt. »Kannst du hellsehen?«

»Klar. Ich hab den gläsernen Blick. Wusstest du das nicht?«

»Ich weiß es jetzt. Wir treffen uns am Abend auf

dem Flughafen, ja? Bis dann!« Er sprang auf. »Ach, damit ihr's wisst: Wanda kommt auch nicht. Sie will ihrem Neuen Marrakesch zeigen, ha-ha! Schätze, die Gegend wird sich aufs Hotelzimmer beschränken.«

Bahrim kam, uns fielen fast die Augen aus dem Kopf, tatsächlich mit einer von einem munteren Pferdchen gezogenen Kutsche! »Alles einsteigen!«, rief er und lachte übers ganze Gesicht. »Damit habt ihr nicht gerechnet, was?«

»Wohin geht's?«

»Von einer Überraschung zur anderen«, versprach er.

Ich legte schon mal den Fotoapparat auf die Knie. Zunächst aber ging's auf einer breiten Ausfallstraße Richtung Flughafen, Richtung Atlasgebirge. Die meisten Autos, die uns überholten, hupten, wir winkten fröhlich und bedauerten die Armen, die an diesem herrlichen Tag im geschlossenen Vehikel saßen. Nach einer knappen Stunde bog Bahrim links von der Straße ab, nach kurzer Zeit ging die Fahrt durch einen exotischen Palmenwald, dessen Entstehung Bahrim mit ausgespuckten Dattelkernen erklärte. »Komm schon«, meinte Klaus kopfschüttelnd. »Märchen erzählst du uns heute Abend!«

»Im Ernst«, widersprach Bahrim. »Vor etwa tausend Jahren zogen Nomaden durch dieses Gebiet. Ehrenwort! Sie ernährten sich in der Hauptsache von süßen, nährreichen Datteln, die haltbar und gut zu transportieren sind – das Ergebnis seht ihr hier: den größten Palmenwald Nordafrikas. Wer einen Baum fällt, muss kräftig Strafe zahlen.«

Mir fielen die langen, oft merkwürdig und unerwartet gewundenen Mauern auf. »Ja, dahinter wohnen die Superreichen. Und warum die Mauern nicht gerade gebaut sind? Schau mal genau hin, Mimi: Wann machen sie denn 'ne Kurve?«

»Ahhh! Immer dann, wenn sie einer Palme ausweichen müssen!«

»Kluges Kind!«

Ich wünschte, ich hätte meinen Seidenschal bei mir, um mein Gesicht darin einzuwickeln. Die Straße wurde immer staubiger. Und wenn uns ein Auto überholte, sahen wir überhaupt nichts mehr.

»Es dauert nicht mehr lange«, sagte Bahrim mitleidig.

Jedenfalls – als er hielt, sahen wir uns verständnislos um. »Warum hast du uns hierher gebracht?«, wollte Carlos wissen. »Wird hier etwas Besonderes gebaut?« Er deutete auf eine Reihe kleiner Hügel – sie begannen wohl irgendwo in weiter Ferne und endeten ... vielleicht in Marrakesch?

Klaus runzelte die Stirn. »Ich weiß, was das ist!«, rief er ganz aufgeregt. »Mensch Bahrim, das ist ja toll, dass du uns das zeigst! Carlos, Mimi, das sind die Khettaras!«

Wie elektrisiert sprang Carlos von der Kutsche. »Das muss ich sehen!«

»Bahrim, bitte, was sind Khettaras?«

Er deutete in die Ferne. »Du siehst am Horizont die Berge des Hohen Atlas. Von dort hat man das Wasser bis hierher geleitet – Marrakesch ist nämlich eine Oasenstadt, musst du wissen. Die unterirdischen Gräben sind bis zu zwei Meter hoch und liegen oft in zwanzig, dreißig Meter Tiefe. Damit das Wasser nicht fault, wurden in regelmäßigen Abständen Luftschächte angelegt. Das alles –«, er machte eine weit ausholende Handbewegung »– ist Sklavenarbeit.«

163

Carlos und Klaus waren verschwunden. »Die sind bestimmt in den Graben gekrochen!«

»Das dürfen sie nicht! Das ist streng verboten!«, rief Bahrim aufgeregt. »Weil kein Wasser mehr durchfließt, ist die Erde trocken und bröselig geworden; jederzeit kann ein Stück einstürzen – und dann haben wir den Salat!«

»Keine Angst, Bahrim, in dieser Woche haben wir so viele Abenteuer erlebt, dass wir auf eines mit der Überschrift ›Lebendig begraben‹ locker verzichten. Ich meine –«

Da! Wir hörten ein dumpfes Poltern, einen erstickten Schrei – dann war Stille.

»Er ist angerichtet«, sagte Bahrim.

»Wie bitte? Wer?«

»Der Salat!«

Ich nahm die ganze Sache nicht ernst, die beiden waren ja erst vor wenigen Minuten aus der Kutsche gesprungen.

Bahrim zuckte die Schultern und kletterte in den Graben. Ich folgte ihm, war ja klar, wich den leeren Plastikflaschen und dem sonstigen Abfall aus, der hier so herumlag – und dann, dann standen wir vor einer soliden Mauer aus Stein und Erde. Die Sonne brannte vom Himmel, der war knallblau, ein paar Vögel zwitscherten, Palmzweige schaukelten sachte über unseren Köpfen, ich war in Marokko, am Abend flog das Flugzeug nach Deutschland – aber hinter der Mauer waren Carlos und Klaus!

Ich strich die Haare aus der Stirn. »Die klettern bestimmt aus dem nächsten Luftschacht«, sagte ich und ging schon mal vor.

»Der ist verstopft, Mimi. Ich fürchte, du nimmst die Sache zu leicht. Weißt du, die Khettaras werden seit ... seit Jahrzehnten nicht mehr gewartet. Möchte nicht wissen, wie's da unten aussieht und wer den beiden Gesellschaft leistet!«

»Komm schon, Bahrim, seit wann siehst du alles schwarz?« Für mich war das Gepolter und der Schrei nicht mehr als eine witzige Unterbrechung des schönen Tages. Das änderte sich, als wir zum nächsten Luftschacht rannten und feststellten, dass der fast völlig verschüttet und mit einer dicken Staubschicht bedeckt war. Jetzt bekam ich doch ein mulmiges Gefühl im Magen.

»In der Kutsche habe ich natürlich keine Schaufel«, überlegte Bahrim laut.

»Und Palmen haben keine Äste, die wir als Grabstöcke benutzen könnten«, ergänzte ich. »Was also haben wir?«

»Unsere Hände«, erwiderte Bahrim trocken.

»Himmel!«, rief ich. »Sind wir Maulwürfe? Bahrim, du sagtest doch, hinter den Mauern sind Wohnhäuser. Können wir nicht klingeln und um Schaufeln bitten?«

Er lachte nur. »Du findest nirgends eine Klingel. Die Häuser sind nicht so, wie wir sie kennen.«

»Und wenn wir über eine Mauer klettern?«

»Stehen wir garantiert einer Wache gegenüber. Oder einem Hund. Beide fragen nicht, sondern handeln. Wer über die Mauer klettert, ist im Allgemeinen ein Dieb.«

»Hm. Lass uns doch mal in der Kutsche nachsehen.«

Wir rannten zurück und fanden den Ersatzspazierstock von Bahrims Vater. »Das ist doch schon mal was.«

Wir rutschten in den Graben und begannen mit

der Arbeit: stochern, Lehmbrocken mit den Händen beseitigen, stochern. Wir kamen nur langsam voran und immer wieder riefen wir: »Hallo!«

Keine Antwort. Keiner rief zurück: »Hey, beeilt euch, macht schneller!« Oder: »Wen sehen wir denn da? Sind das nicht Mimi und Bahrim?«

Ich schwitzte und mit dem Schweiß kam die Angst. Wenn wenigstens ein Auto vorbeifahren würde, dann könnten wir es anhalten und den Fahrer um Hilfe bitten. Aber Bahrim hatte in dieser verlassenen Gegend die verlassenste, malerischste, ursprünglichste Stelle ausgesucht!

Dennoch: Wir hatten Glück, verdammtes Glück sogar, denn nach einer Ewigkeit vernahmen wir Carlos' und Klaus' Stimmen, dann erschien eine Hand und danach war alles kein Hexenwerk mehr.

»Es ist strengstens untersagt, in die Khettaras reinzukriechen«, sagte Bahrim, als die beiden durch die Lücke robbten.

»Wir haben die Hinweistafel nicht gesehen«, entschuldigte sich Carlos und nieste Staub aus der Nase.

Die beiden hüpften jeder hinter eine Palme, rissen sich die Kleider vom Leib, klopften und schüttelten sie aus und stiegen, nachdem sie wieder bekleidet waren, ziemlich kleinlaut in die Kutsche.

Bahrim reichte mir eine große Wasserflasche. Ich nahm einen Schluck und gab sie weiter.

»Nettes Erlebnis gehabt?«, wollte Bahrim wissen. »Eine neue Erfahrung für wissbegierige Geologen?«

»Ich weiß, Bahrim, wir hätten nicht dermaßen unbesonnen handeln dürfen«, sagte Klaus. »Danke für die Rettung.«

»Ich hoffe nur, ihr hattet eine schlimme Zeit da drin«, entgegnete Bahrim ungewohnt böse.

Klaus schwieg, aber Carlos sagte: »Wir haben zuerst überhaupt nicht begriffen, dass wir verschüttet waren. Erst als wir nichts mehr von euch hörten und es stockdunkel war, erschraken wir. Aber die Erde war lose, wir konnten atmen und wussten, dass wir früher oder später rauskommen würden. Trotzdem – es ist kein Spaß, lebendig begraben zu werden. Hast du dir Sorgen um uns gemacht, Mimi?«

»Mir ging's wie euch – zuerst habe ich die Sache nicht ernst genommen.«

»Zuerst. Und dann?«

»Dann haben wir gegraben und geschaufelt. Dabei kann man schlecht nachdenken.« Ich wusste, was Carlos hören wollte. Aber nein, dazu war ich im Augenblick nicht in der Lage. »Sieh mal, alle Fingernägel sind abgebrochen. Scheußlich, was?«

»Mit Ausnahme der Nägel ist alles an dir schön, Mimi.«

»Himmel! Was war das? Ein Kompliment?«

»Eine Liebeserklärung.«

»Quatsch. Die Nachwirkung eines kleinen Schocks.«

Die Flasche war leer. Bahrim ließ die Zügel spielen, schnalzte mit der Zunge und das Pferdchen setzte sich in Bewegung. »Zum Olivenhain, dem Menara-Becken – dann schauen wir nach der Zeit«, beantwortete Bahrim unsere unausgesprochene Frage.

Zuerst der exotische Palmenwald, dann ein Olivenhain wie in Griechenland: Eine unterschiedlichere Atmosphäre konnte man sich kaum vorstellen! Doch damit nicht genug; die nächste »Sehenswürdigkeit« raubte uns den Atem.

Wir sahen in der Ferne den Hohen Atlas, die glitzernden schneebedeckten Berge, davor erstreckte sich eine einförmig braune Ebene, aber da, wo wir jetzt standen, befand sich ein rechteckiges, riesiges Wasserbecken! Das war wieder so ein Bild wie aus Tausendundeiner Nacht. Es hätte mich nicht gewundert, wenn der Vogel Rock oder ein fliegender Teppich auf den Fliesen vor dem malerischen Haus mit den hell gekachelten Wänden gelandet wäre, genau in der Mitte zwischen den beiden dunklen Zypressen.

Es waren die Karpfen, die uns aus der Verzauberung rissen. Da war nämlich eine Familie mit mehreren kleinen Kindern, die hier die Fische, lauter fette Karpfen waren das, mit Brotbrocken fütterten. Junge, so ein unanständiges, extrem unappetitliches Geschmatze und Geschlürfe hatte ich noch nie gehört; dazu kamen die breiten Mäuler und dicken Lippen. Eklig, kann ich nur sagen ...

»So«, sagte Bahrim, als wir wieder in der Kutsche saßen, »was jetzt? Wie viel Zeit habt ihr noch?«

»Genügend für eine weitere, letzte Sehenswürdigkeit«, erwiderte ich rasch, denn ich ahnte, was Carlos vorhatte. Leider ging meine Rechnung nicht auf.

»Es gibt hier einen wunderschönen, exotischen, sehr berühmten Garten, den ein Modeschöpfer anlegen ließ. Er liegt nicht weit von hier entfernt. Habt ihr Lust, ihn – ich meine den Garten – zu sehen?«

»Ich möchte ins Hotel zurück«, antwortete Klaus prompt. »'ne Dusche ist alles, was ich will.«

»Duschen kann ich später«, entgegnete Carlos ebenso prompt. »Wie ist's, Bahrim, kannst du uns am Garten absetzen und kommen wir mit einem Taxi ins Hotel zurück?«

»Kein Problem. Mimi, bist du einverstanden?«

Ich überlegte, schwankte, aber weil ich ja bestimmt nicht so schnell nach Marrakesch zurückkommen würde und nicht gerne auf eine Erfahrung verzichtete, willigte ich ein: »Einverstanden. Schauen wir uns den Garten an.«

Auf dem Weg dorthin erklärte Bahrim, dass das Haus des französischen Modeschöpfers für Besucher geschlossen und das kleine Museum, das dieser hatte einrichten lassen, wegen Renovierungsarbeiten ebenfalls nicht zugänglich sei. Trotzdem – der Garten sei absolut sehenswert.

Er hatte Recht. Vom ersten Augenblick an waren wir wie verzaubert: In verschwenderischer Fülle wuchsen Palmen, tiefgrüne Büsche füllten den Platz darunter aus, dazwischen standen Kübel mit roten und rosa Geranien, an einigen Stellen glänzten silbrige, mannshohe, kerzenförmige Kakteen, daneben wuchsen solche mit starren, rosettenförmigen Blättern, solche mit abertausenden stachligen Ästchen, und immer wieder wand sich ein Wasserlauf mit leuchtend blau gestrichenen Rändern zwischen dem Grün.

In einem anderen Teil des Gartens blühten Büsche und Kletterpflanzen in allen Schattierungen von Rosa bis Tiefviolett.

»Das wäre was für meine Tante Lise«, sagte ich und knipste, was das Zeug hielt, bis Carlos mich ungeduldig auf eine Bank zog.

»Ist was?«, fragte ich unschuldig.

»Ja.« Er schwieg – und platzte auf einmal heraus: »Du kannst dir nicht vorstellen, was ich da unten in der Dunkelheit durchgemacht habe!«

»Durchgemacht hast du da was? So ganz auf die

169

Schnelle? Na, wenigstens hat es nicht lange gedauert, Bahrim und ich haben uns nämlich mächtig beeilt!«

»Mimi!«

»So heiße ich«, bestätigte ich.

Das reichte Carlos. Er stand auf und bog um die nächste Ecke.

Ich hatte keine Ahnung, weshalb ich eigentlich so unleidlich zu ihm war. Mimi, sagte ich mir, sei ehrlich, du weißt es genau. Du bist nach Marokko geflogen, hast an nichts Böses gedacht, warst dem Biest Wanda nicht gewachsen – Halt!, bremste ich mich. Hatte Carlos mich nicht falsch, oder wenigstens: mangelhaft, informiert? Hat er, bestätigte ich mir, und jetzt bin ich sauer und fürchte, er hat nicht die Qualität von Eins-A-Weizen. Sch...rott noch mal! Warum muss alles, was mit Liebe zusammenhängt, so kompliziert sein?

Ich stand auf und folgte ihm. Langsam, sehr langsam, aber immerhin, ich folgte ihm ...

Da saß er, auf einem blau gestrichenen Bänkchen mit 'ner Lehne wie ein Spitzenmuster und starrte auf einen Pott mit Geranien.

»Also«, sagte ich und setzte mich neben ihn, »sag mir, was du durchgemacht hast.«

»Nur, wenn du's wirklich wissen willst.« Gut, Carlos konnte also auch bockig sein.

Ich wartete. Warum sollte ich es ihm leicht machen, wenn er mir kostbare Ferientage verdorben hatte?

Garantiert fängt er jetzt zu seufzen an, dachte ich.

Carlos seufzte nicht. »Sieh mal, gestern hat uns der Schreiber den love letter geschrieben, der Wahrsager hat uns ›big love‹ geweissagt und der fette Apotheker hat uns die Amulettkette um den Hals gehängt.«

»Richtig«, bestätigte ich.

»Als die Erde und der Staub auf mich fielen und es stockdunkel wurde, fürchtete ich, jetzt würde auch die Luft knapp werden. Hätte ja sein können; Klaus und ich wären dann erstickt.«

»Wohl kaum. Die Erde war locker und ihr wart nur wenige Meter weit gekommen«, widersprach ich.

»Stimmt. Nur, Mimi, wenn man in so 'ner Situation steckt, denkt man nicht mehr so klar, nicht mehr so vernünftig wie im Normalfall, verstehst du?«

Ich nickte, weil ich an das Erdbeben in Chile dachte. Es war ein kleines, ein winziges Beben gewesen; aber welche Angst hatte ich ausgestanden! Junge, Junge ...

»Verstehe.«

»Gut. Ich dachte also daran, dass wir ersticken könnten, und plötzlich schien mir, als wären die drei ›Liebeszeichen‹ von gestern kein Ausblick in die Zukunft gewesen, sondern vielleicht ein ... ein ... ein Blick in die Vergangenheit. Verstehst du, was ich meine?«

»Nicht ganz.«

»Sieh her: Der eine schrieb einen Liebesbrief, dessen Inhalt wir nicht kennen. Der Zweite erzählte was von ›big love‹ und weissagte große, weite, gemeinsame Reisen. Der Dritte hängte uns das Amulett um den Hals. Alles zusammen könnte doch auch bedeuten, dass wir uns sehr geliebt und weite Reisen unternommen haben, nämlich nach Chile und Marokko, aber dass jetzt alles vorbei ist.«

171

Ich wiegte den Kopf hin und her. »Also so gesehen könnten die drei durchaus einen messerscharfen Blick in die Vergangenheit geworfen haben, Carlos. Nur – das finde ich wenig wahrscheinlich.«

»Siehst du!«, rief er. »Ich auch! Bei keinem klang so was wie Trauer oder Bedauern durch! Aber warte, Mimi, so schnell habe ich da unten nicht gedacht.«

»O. k. Was hast du im Schneckentempo so gedacht?«

Komisch, Carlos achtete kein bisschen auf meinen Spott. »Ich habe«, meinte er und wählte sorgfältig die Worte, »ich habe ... nein, mir wurde klar, wie sehr ich es bedauern würde, wenn die drei Männer mir die Vergangenheit gezeigt hätten. Nein, ich will es genauer sagen: Es wäre absolut furchtbar, wenn sie mir gezeigt hätten, was ich verloren hatte.«

Ich horchte auf. »Wegen Wanda?«, fragte ich gespannt. Wenn er jetzt »Ja, wegen Wanda« sagen würde, wäre er Weizen von miesester Qualität. Ich hielt den Atem an.

Er schüttelte den Kopf. Das Kopfschütteln konnte alles Mögliche heißen. Ich musste ganz genau wissen, was er damit sagen wollte. »Wegen Wanda?«, wiederholte ich.

»Quatsch«, sagte er ungeduldig. »Nicht wegen Wanda. Das weißt du doch genau. Wegen meiner Doofheit!« Er grinste. »Für 'nen Doofie wird, wie du mir gesagt hast, jede x-beliebige Wanda zur Gefahr.«

Mir wurde ganz warm, aber noch blieb ich so cool wie möglich.

»So. Aha. Und wie lange hält die ›Lebendig-begraben-Erkenntnis‹ an?«

172

»Soll ich sagen: bis an unser Lebensende?«

»Himmel!« Vor Schreck sprang ich von der Bank. »Das wäre gelogen! Das ist zu lang! Dazu sind wir viel zu jung, Carlos!«

»Dann ... dann also so lange, bis wir beide einmal nicht mehr an das Glücksamulett glauben.« Er tippte an das Wurzelstückchen an seinem Hals.

»O. k.« Ich war zufrieden. »Dann bette es am besten wie den Skorpion in Gießharz ein, Carlos.«

»Um es haltbar zu machen?«

»Es ist nicht mehr so zerbrechlich.«

»Stimmt. Und deines?«

»Meins auch nicht!«

Für die Versöhnung hätten wir uns beim besten Willen keinen schöneren Ort als den exotischen Garten aussuchen können, Ehrenwort!

Abschied

✳ ' ✳ ' ✳ ' ✳ ' ✳

Ziemlich spät kamen wir ins »Ayour« zurück. Wir konnten gerade noch unsere Sachen in die Rucksäcke stopfen, dann rasten wir nach unten, bezahlten, umarmten Bahrim, versprachen ihm zu schreiben, trugen ihm tausend Grüße an Malika, Mehdi und Imane auf und kletterten in den Bus zum Flughafen.

»Na, wie geht es euch?«, wollte Klaus wissen. »Alles paletti?«

»Nicht ganz. Carlos nimmt den ganzen Dreck mit nach Hause.«

»Dreck?«

»Er konnte nicht mehr duschen«, erklärte ich. »Und mit so 'nem Kerl steigen wir ins Flugzeug!«

»Ob wir uns das antun müssen?«

»Das frage ich mich auch.« Klaus und ich grinsten uns an. »Also ich habe geduscht«, erklärte er.

»Tatsächlich? Dann muss ich mir doch ernsthaft überlegen, ob ich nicht dich zum Freund haben möchte. Wäre auf jeden Fall 'ne saubere Sache.«

»Untersteh dich«, schimpfte Carlos. »Nur wegen ein bisschen Wasser und Seife willst du mich verlassen?«

Wanda schaute verständnislos von einem zum

174

anderen. »Was ist denn mit euch los? Könnt ihr mir das mal erklären?«

»Dir erklären? Du würdest es doch nicht verstehen«, entgegnete ich.

»Nein, du bestimmt nicht!«, bestätigten Carlos und Klaus wie aus einem Munde.

Von Sissi Flegel bei Thienemann u. a. bereits erschienen:

Lieben verboten
Kanu, Küsse, Kanada
Liebe, Mails & Jadeperlen
Liebe, List & Andenzauber
Coole Küsse, Meer & mehr

Flegel, Sissi:
Liebe, Sand & Seidenschleier
ISBN 3 522 17609 X

Reihengestaltung: Birgit Schössow
Einbandillustration: Birgit Schössow
Schrift: Stone Serif/Rohrfeder rough
Satz: KCS GmbH, Buchholz/Hamburg
Reproduktion: Die Repro, Tamm
Druck und Bindung: Friedrich Pustet, Regensburg
© 2003 by Thienemann Verlag (Thienemann Verlag GmbH),
Stuttgart/Wien
Printed in Germany. Alle Rechte vorbehalten.
7 6 5 4 3* 05 06 07

Thienemann im Internet: www.thienemann.de